华夏文库
经典解读系列

夜半私语

——品味唐传奇

芷雨 著

中原出版传媒集团
大地传媒
海燕出版社

“华夏文库”发凡

毫无疑问，每一个时代都有属于自己时代的精神追求、文化叩问与出版理想。我们不禁要问，在21世纪初叶，在全球文明交融的今天，在信息文明的发轫初期，作为一个中国出版人，我们正在或者将要追求什么？我们能够成就或奉献什么？我们以何种方式参与全球化时代的文化传播进程？在一连串的追问下，于是，有了这套“华夏文库”的出版。

自信才能交融。世界各大文明在坚守自身文化个性的同时，不约而同地加快了探视其他文化精神内涵的步伐，世界不同文明正在朝着了解、交流、碰撞、借鉴与融合的方向前进。在此背景下，建立自身的文化自信，正是与世界各文明民族进行文化交流的基本要求。五千年中华文明与文化正在不断地被其他文明所发现、所挖掘、所认知，汉语言正在生长为世界语言，儒文化正在世界各地生根发芽。借助这样一种正在成长着的文化自信、自觉、开放、亲和之力，用我们这个时代的学术眼光全面系统梳理中华五千年的文明与文化，向其他各大文明与文化圈正面展示自我，让中华优秀文化成为世界文化的重要组成部分，正是我们出版这套文库的目的之一。此其一。

知己才能知彼。身处五千年文化浸润的今天，重新思考我们先人的人生思考、价值思考与哲学思考，找到一个民族、一个国家的价值所在、立命所在、安身所在，这已经是我们这个时代的学人与出版人不得不再思考的问题。作为中华文明的一分子，我们在思考的同时，还必须了解我们的先人创造了如何优秀的精神文明与物质文明以及社会文明。只有熟知自己的文化，热爱自己的文化，悟明自己的文化，我们才能宣说自己、弘扬自己、光大自己。因此，我们策划组织这套“华夏文库”的初衷，还在于让当下的知识青年全面系统瞭望中华文明与文化的全景，并借此能够对更为深广的世界各民族文化提供一个比较认知的基础。此其二。

顺势才能有为。我们正处在农耕文明、工业文明、信息文明的交会处，信息文明带领我们从读纸时代进入读屏时代，以智能手机屏幕为代表的书籍呈现方式正在与纸质书籍争夺阅读时间与空间。我们正在领悟数字技术，正在以信息文明的视角，去整理、分析和研究农耕文明与工业文明的文化遗产，不仅仅是为了唤醒优秀的传统文化，我们还在生发和原创着当今时代的文化。由此，我们试图架起一座桥梁——由纸质呈现而数字呈现，由数字呈现而纸质呈现，以多媒介的书籍呈现方式，将文字、图像、声音与视频四者结合，共同筑成“华夏文库”，以奉献给信息文明时代的新读者。此其三。

总之，这是一套——专家大家名家写小书；以最小的阅读单元，原创撰写中华精神文化、物质文化与社会文明系列主题与专题；以图文、音视频多媒介呈现的方式，全面介绍与传播中华文明与优秀文化，系统普及与推介中华文明与文化知识；主旨是为了让世界与中国共同了解中国的——大型丛书，借此，复兴文化，唤起精神，融入世界。

耿相新

2013年6月27日

在群星间隐藏着脸庞

班固《汉书·艺文志》中言："小说家者流，盖出于稗官，街谈巷语，道听涂说者之所造也。"那时小说的定义更接近街头巷尾的流言，在题材和内容上亦是与正史有所区别。这样零星而单独记录的写作手法，一直延续到魏晋六朝时候的《列异传》《博物志》《搜神记》《世说新语》等作品。明人胡应麟《少室山房笔丛》中言"凡变异之谈，盛于六朝，然多是传录舛讹，未必尽幻设语。至唐人乃作意好奇，假小说以寄笔端"，他还将小说分为志怪、传录、丛谈、辨订、箴规五类；《四库全书总目提要》则将小说分为"叙述杂事""记录异闻""缀辑琐语"三种。

唐时，笔记小说的创作可以说在立意高远与语言优美上都达到顶峰，并产生了一种被后世统称"传奇"的笔记小说形式。鲁迅认为它"出于志怪"，但又"施之藻绘，扩其波澜"，内容主题上还会"托讽喻以纾牢愁，谈祸福以寓惩劝"，其"文采"和"意想"是传奇最大的特色与成就。然传奇的规范毕竟是后世划定，故而其内容包含范围，亦是见仁见智。若一定要按照鲁迅的标准在唐人笔记小说中划出传奇，可能反而陷于一种形式上的争执，忽略了唐人笔记原本的艺术成就，以及它直接影响了宋元话本、杂剧，明小说等改编取材的意义。

虽然唐传奇可以作为唐代诸多笔记小说的统称，但真正以传奇为名的著作集，只有裴铏所撰的《传奇》，其中《昆仑奴》《聂隐娘》等篇目可谓是传奇小说的代表；而究其根源，“传奇”又为元稹所写一篇故事的标题。到了宋代，尹师鲁评范仲淹《岳阳楼记》时称其为“传奇体”，后世亦就此沿用了唐传奇的说法。

唐人笔记小说中，流传至今且能结集的，除裴铏《传奇》外，尚有张鷟《朝野佥载》、范摅《云溪友议》、牛僧孺《玄怪录》、李复言《续玄怪录》、李德裕《次柳氏旧闻》、袁郊《甘泽谣》、段成式《酉阳杂俎》、张读《宣室志》、刘悚《隋唐嘉话》等，其中不乏可依照既定观念归类为传奇的名篇，如《京西店老人》《兰陵老人》《僧侠》《杜子春》《圆观》等。至于独立成篇的“传奇”，更是不胜枚举。篇幅所限，本书稿未收录的传奇佳作尚有《古镜记》《游仙窟》《东城老父传》《三梦记》《飞烟传》等。《古镜记》出自《异闻集》，传为王勃的兄长王度所著，被认为是现存唐传奇中最早的作品；《游仙窟》为张鷟所著，号称唐传奇中篇幅最长；《东城老父传》为陈洪著，讲述京城少年贾昌因斗鸡讨得唐玄宗欢心，故而蒙宠多年，后离乱落魄，最终悟道；《三梦记》为白行简所著，讲述进入亲人梦境、友人互梦、梦中预见未来之事；《飞烟传》则被推断为唐传奇最后一篇，情节简单，主题却为越轨情感。

纵观唐传奇故事的主要内容，可以粗略分为神鬼、爱情、侠义三类。

神鬼故事中涵盖了除妖伏魔、喻世警世等主题，这类故事在《玄怪录》《宣室志》中比比皆是，单独成篇的《枕中记》《南柯太守传》亦是其中之佼佼者。

爱情故事则包括人人、人神、人鬼、人狐等多种恋情，人神恋往往最后以修仙为终结，摈弃了各种情欲成分；人与异类的恋情，

《任氏传》《柳毅传》可作为语言与主题俱佳的代表作。至于人人恋，则有《莺莺传》的生离与《霍小玉传》的至死不离两种极端。诸多爱情故事中又多以女子作为引领故事发展的主线，虽然她们往往出身卑微，但容貌才情俱佳，且性情忠贞。相比起来，故事中出现的男子虽然合乎才子佳人的模式，却往往以或凶残，或怯懦的面孔出现。

侠义故事更是唐传奇中的代表，且对后世影响极大。除像《虬髯客传》那类单纯塑造草莽侠客形象的作品外，还有如《昆仑奴》那种糅合了爱情、异技等元素的故事，以及像《红线》《聂隐娘》等描绘身怀奇能的女侠样貌的名篇。这些作品内容同时亦涵盖了报恩、夺宝、行刺等脍炙人口的武侠套路。至于像《京西店老人》《兰陵老人》《僧侠》等篇，在后世的大多武侠作品中，无论人物形象还是情节设置，都不难看到这几部作品的影子。

爱尔兰诗人、剧作家叶芝有一首著名的诗歌《当你老去》，讲述一个两鬓斑白、芳华不再的女子，偎依在壁炉边的摇椅里，在温暖的火光下翻看年轻时喜欢的诗集，这时方才体味到诗集作者对她那种深沉、恒久的爱恋，没有因为她的容颜变化而有丝毫衰减。“多少人爱你青春欢畅的时辰，爱慕你的美丽，假意或真心；只有一个人爱你那朝圣者的灵魂，爱你衰老了的脸上痛苦的皱纹。”这份爱从未离去，而始终关注她的那个人，只是“在群星间隐藏着脸庞”。

在大唐帝国那光芒四溢的盛世气象下，唐诗总被想当然地当作文化成就的终极代表，这种有意无意的忽略，对润物无声的唐传奇似乎有些不公。那么，现在不妨与同样在群星间隐藏着脸庞的唐传奇开始一次惊艳的邂逅。

目 录

一 秋风清，秋月明——侠义故事

二 落叶聚还散，寒鸦栖复惊——神鬼故事

三 相思相见知何日，此时此夜难为情——爱情故事

一

秋风清，秋月明

——侠义故事

红线（据清任熊《三十三剑客图》）

“侠”总是以非常规手段实施自己认为是“替天行道”的举动，故韩非子在《五蠹》中说“儒以文乱法，侠以武犯禁”。早期的“侠”只是以勇力保护宗族亲友的利益，必要时不惜拼上性命，这当然不能代表传统文化中“侠”之本义。墨子所言“任，士损己而益所为也”才真正可算作“侠”的起源，他倡导的“侠”大可到帮助弱国去守城以和解不义之战，达到“非攻”的目标；小可到以道义维护地方的社会秩序，成为一个特定地域范围内的行为标准和事务仲裁。这种带有浓郁墨家思想的游侠集团直到西汉武帝时期才慢慢消失，但墨家“侠”的内涵与精神，虽然在做法上由社会化向个人行为演变，也脱离了单纯依靠武力的限制，但在为国为民的道路上，却多了不少对那种悲天悯人豪迈精神的追寻。

唐传奇中的侠义故事，同样有虎啸龙吟的倚剑狂歌，同样有离合无常的马疾香幽；同样有红颜弹指的亦真亦幻，同样有天昏地暗的快意恩仇！

念君客游多思肠

——《昆仑奴》

生命就像一盒巧克力，你永远不知道吃到的会是哪一颗。

——《阿甘正传》

当一盒巧克力中的每一块口味都不同时，这句话就不难理解了。因为不入口是不会知道巧克力到底是哪种味道的。裴铏《传奇》中的《昆仑奴》故事，同样蕴含着这个道理：家中蓄养的昆仑奴们就像一盒巧克力。不遇到什么难事儿，你永远不知道其中哪一个其实是身怀绝技、拥有足以令你瞠目结舌的本领的主儿。

故事发生的时间设定在唐代宗大历年间。第一个出场人物是个姓崔的小伙子，姑且称之为小崔。当时的小崔身上挂着个“千牛”的名号，作为踏入仕途、令家门继续保持耀眼光辉的起点。“千牛”一名源于《庄子》中庖丁解牛故事，解千牛而不钝的利刃自然可成为帝王的防身之物，因此“千牛”可引申为皇家侍卫。北魏时，“千牛备身”一职的出现，为天子禁卫武官确立了名号。唐时，“左右千牛卫”为其统领，“直长”为主官的辅佐。同时，小崔的爸爸与当时某位一品大员关系融洽。这不奇怪，因为崔这个姓氏已经相当于头顶闪闪发亮的光环，属于抽象的身份名片。门阀观念在东汉萌生发展，到魏晋南北朝时已深入人心。北魏时皇家指定清河崔氏、范阳卢氏、荥阳郑氏、太原王氏为最尊贵四姓。唐时大族的队伍加入了博陵崔氏、赵郡李氏、陇西李氏，成为“五姓七望”。因此崔家绝对算是大族。大到什么程度？大到南北朝时崔姓始终排名第一，大到连皇帝想跟他们结亲都不可得。这不是随意夸张，据《新唐书》载，唐文宗开成年间，唐文宗想为真源公主、临真公主在士族中选亲却不能如愿，于是对宰相发牢骚：“现在稍有头面的人一说结婚，还是只认崔家、卢家，难道我们当了二百年天子的李家还不如他们吗？”牢骚归牢骚，最终临真公主嫁的是卫次公之子卫洙，真源公主嫁给了杜羔的儿子杜中立。所以唐人笔记小说中，凡是崔姓主人公，基本上男性都是玉树临风的帅哥，如崔护；女性都是楚楚动人的靓妹，如崔莺莺。而且他们均属于有钱又有闲的小资青年。即使像《枕中记》里落魄的卢姓小伙子，也是瘦死的骆驼比马大，梦中都要与崔家结亲。故而在《昆仑奴》这个故事里，小崔的爸爸是“显僚”，且与官居一品的“盖代之勋臣”关系很好，是再正常不过的事。

身份背景介绍完毕，我们回到故事中。说某次一品大员身体不适，小崔代表爸爸前去探望。从小崔代往和这位世伯请小崔进入内室，并跟他聊个没完的描写来看，世伯害的肯定不是什么大病，充其量头疼感冒或者胃胀积食。两人闲聊时，旁边还有三位绝色歌伎服侍，服侍的内容是用金碗盛上浇有香甜奶浆的樱桃给两人吃。小崔青春年少，身边站着一个手如柔荑、肤如凝脂的红衣女子已令他面红耳赤，更何况鼻息间还有阵阵香气袭来。一时间头都不敢抬，哪还想得起吃樱桃。世伯见状哈哈大笑，命红衣女子将樱桃用勺子喂到小崔嘴里。这红袖喂食远比红袖添香香艳得多。小崔抬起眼，面前巧笑倩兮、美目盼兮的红衣女子正含情脉脉地注视着自己，鬓边只觉红衣女子吹气如兰。小崔的时间在这一刻凝固了，因为再往后世伯跟自己说了什么，自己是如何起身告辞回家，已经全然不记得了。他的脑海里，只有红衣女子如花的笑靥和留给他的一道谜题。

回到家中，小崔茶不思饭不想，开始惦记那颗美丽的“红樱桃”。但这种相思起码在家长眼里是逆伦违常外加没出息的表现，不可能拿到台面上说。小崔有自己的排解方法，那就是作诗：“误到蓬山顶上游，明珰玉女动星眸。朱扉半掩深宫月，应照璚芝雪艳愁。”少年小崔之烦恼没有逃脱家中巧克力——哦，不，是巧克力色的昆仑奴——的犀利眼光。唐时官宦人家的昆仑奴当为身矮肤黑、吃苦耐劳，被以贩卖、进贡或者掳夺方式进入大唐帝国的南洋黑人，这里出场的昆仑奴名叫磨勒。磨勒很轻松就帮助小崔猜出了红衣女子那道令人费解的谜题，即送小崔出门时，她立起三个手指头，又翻了三次手掌，最后指着胸前的镜子说“切记”。含意乃是自己居处为一品大员家十院歌妓的第三院，希望在十五日月圆之夜能与小崔相会。随后，昆仑奴掐着指头算算日子，今天已经是十三日，再过四十八小时，小崔就可与梦中情人相见了。

小崔听了大喜过望，眼前顿时涌现出很多英雄人物的形象：西门吹雪、叶孤城、超人、蜘蛛侠……他们都可以随时随地见到心爱的姑娘，因为他们会——飞！磨勒看着小崔望向远方的眼神从喜悦到失落，再移到自己身上时已是饱含着求助，就知道无论如何，这回都要露一手了。于是磨勒嘱咐小崔，先备下两匹青色绸子，自己做紧身夜行衣用，另外要一个大号锤子，好去打死一品大员家中那“警如神”“猛如虎”的看门狗。小崔赶紧依言而行，磨勒也随后依言而动，这天晚上先打死了狗，月圆之夜又背着小崔跃过一品大员家的重重高墙，悄悄来到第三院门前。

透过虚掩的门，小崔望见烛光下正是那红衣女子独坐榻上，虽已洗去铅华，但素淡之美更显清丽脱俗。一阵长吁短叹后，红衣女子很适时地吟诗道：“深洞莺啼恨阮郎，偷来花下解珠珰。碧云飘断音书绝，空倚玉箫愁凤凰。”首尾两句分别喻含阮肇天台遇仙、秦穆公女弄玉吹箫引凤之典，小崔听了自然怦然心动。心动不如行动，小崔推开门进去，红衣女子连忙起身。一瞬间，她脸上变换了惊恐、惊诧、惊异、惊喜几种表情，随即快步跑到小崔面前，一把拉住小崔的手，兴奋之情溢于言表。在得知小崔能出现在此地全是昆仑奴磨勒的功劳时，红衣女子连忙让小崔请磨勒进来，亲以金碗斟酒拜谢。随后，红衣女子向两人讲述自己身世：家中本为朔方富户，因战乱被一品大员掳来，不得已做了歌伎。虽然过着锦衣玉食的生活，但心中实则凄苦无比。前次遇到小崔时便已情不自禁，如今若能逃离此地，自愿委身侍候。小崔听了低头不语，磨勒则十分开心，自告奋勇愿意带她出去。于是磨勒先往复三趟扛走了红衣女子的行李细软，随即又将红衣女子与小崔背出，藏匿在小崔家中书房。

美人在怀，美梦成真，小崔这边的鸳帐风光如何旖旎暂且不表，但说一品大员在第二天早上得到仆从慌慌张张上报，知道死了狗、丢了人之后异常光火，而光火之后则是极度惊惧：一直认为自家守备森严固若金汤，如今却被人神不知鬼不觉地自由往来。若是声张出去，只怕有百害而无一利，因此一品大员决定将此事按下，日后再说。

如此过了两年，除一品大员外，其他人都慢慢淡忘了红衣女子夜半失踪的诡异事件。连小崔和红衣女子也觉得紧张局势早已过去，可以在灿烂阳光下自由呼吸了。这年春天，当他们在帝都最负盛名的公共园林——曲江赏花兼呼吸的时候，决计不会想到自己在小车中的身影，已被混杂在人群之中的几双眼睛紧紧盯住。一品大员听到家中仆婢以坚定不移的语气，上报在曲江看到红衣女子与小崔的消息时，心中不禁猜想连篇。但无论怎样，猜想终究只能停留在猜想上，只有去询问当事人，才是验证或者推翻猜想的最好方法。于是小崔被很客气也很迫不及待地请到一品大员府上，又被很客气但很开门见山地询问红衣女子下落。小崔知道纸里的火终于开始烧手了，现在唯一能做的，就是赶紧把火球扔掉。于是小崔很果断地告知面前的黑脸世伯：红衣女子失踪一事，实与自己有关，虽然她现在藏在自家书房，但这一切都是昆仑奴磨勒所为，自己是无论如何没有这个胆量和本事拐骗人口的。

所有的谜题都在一瞬间被解开了，饶一品大员宦海沉浮数十年，也突然觉得这个天方夜谭般的事件颇为棘手：眼下红衣女子已成了小崔的专宠，即使强夺回来，也是索然无味。再者，与大侄子抢女人，从哪头论都是好说不好听的事儿。尤其大侄子不是大儿子，轮不到自己伸手惩戒，且小崔背后的老崔无论如何是要在乎几分的。但若是像没事儿人一样就这么玉成其美，自家早已掉在地上的面子相当于又被结结实实踩了一脚，实在觉得不爽……既然小崔都知道找个替罪鸡，那自己也顺坡下驴，跟小崔一道把杀鸡儆猴的戏演完算了。于是一品大员做了个令小崔心中悬了许久的石头猛然落地的决定：红衣女子负主要责任，但她已与小崔双宿双飞这么久，自己就不再追究了。只是那磨勒可能会危害国家安全，故而必须除去。随即，一品大员从府中派出精锐甲士五十名，与小崔一道将崔家团团围住。

磨勒听闻外面车马喧哗，登高一看，这阵势，这场面，这人物，心里什么都明白了。在不连累主人的前提下全身而退，也算是最后一次尽主仆之情。于是磨勒手擎短剑，自墙内一跃而起。墙外甲士见状，纷纷弯弓搭箭。一时间飞矢如蝗，然磨勒在箭雨中如鹰隼一般，兔起鹘落间便没了踪影。一品大员得知磨勒轻易逃脱，背上不禁升起一股寒气，担心磨勒前来寻仇，故而增加府中护卫，自己也天天提心吊胆，生怕不定什么时候面前就会出现一个手握利器的昆仑奴身影，过了一年多方才稍敢松懈。

十多年后，崔家有人在东都洛阳市集上发现了磨勒的行迹，此时磨勒的身份是一个卖药小贩儿，但其容貌、身形还跟当年在崔家时一样。

《昆仑奴》的故事到此便结束了，磨勒在其中虽一直以着墨很少的配角身份出现，但实则绝对的主角。在前半部中，他俨然一位男版红娘；在后半部里，无怨的忠心与过人的胆识又让他宛若日本战国时代的武士。而其热心自信与侠肝义胆则贯穿故事始终。在小崔觉得一个奴仆怎会理解自己心思时，磨勒的回答是“但言，当为郎君释解，远近必能成之”。言语中的坚定无疑是对小崔最有力的帮助，而磨勒此言也并非只停留在精神鼓励层面，他毅然将此付诸行动。在行动中，磨勒要面对与付出的，是危境的考验与体力的耗费，先是击杀恶犬“携炼椎而往，食顷而回”，月圆之夜将换上青衣的小崔“负而逾十重垣”；在小崔与红衣女子相见，红衣女子坚意离开时，磨勒先是“为姬负其囊橐妆奁”，且“如此三复焉”；之后又“负生与姬而飞出峻垣十余重”。最后当一品大员命甲士来取他性命时，磨勒并未在崔家与甲士搏杀，而是“飞出高垣”，并显出其令人惊叹的本领“瞥若翅翎，疾同鹰隼，攒矢如雨，莫能中之”，磨勒选择的逃——“顷刻之间，不知所向”——实为将主人的麻烦与愧疚减至最低的做法，背后蕴含的大义令人惊叹不已。文章最终，并未说小崔与红衣女子，或者一品大员如何如何，而是意犹未尽地用“后十余年，崔家有人见磨勒卖药于洛阳市，容颜如旧耳”，交代了磨勒的命运。想来此非蛇足之语，其中传递的消息，是他“容颜如旧”的背后，心态也是“如旧”的，他早已将从前的恩恩怨怨风风雨雨抛到脑后，现在他过得很轻松、很快乐。后人读至此处，亦会不禁莞尔释然。

小崔在故事中，占据了名誉主角的位置。他唯一的作用便是充当引领故事发展的线索。从开始代父亲探望世伯，随即相思成灾，引出昆仑奴替他解谜，其后按照设定好的方式与佳人相会，六神无主的时候默许私奔，事情败露的时候慌张推搪，每一步都处于被动的地位，但这并不妨碍故事对小崔性格的塑造。在初次遇到红衣女子时，虽然小崔回家后“神迷意夺，语减容沮，恍然凝思，日不暇食”，但这种表现只是一个情窦初开的小男生，他在并不了解红衣女子内心的情况下，思慕的其实只是对方的容貌，或者说是心底涌动着单纯的欲望，以及因为得不到而被无限放大的爱情。而在磨勒问其因何茶不思饭不想时，小崔的回答是“汝辈何知，而问我襟怀间事”，隐隐透出对于磨勒奴仆身份的轻慢与不屑。在知道磨勒有能令自己达成心愿的计划，当夜就要先行除掉恶犬时，小崔所做的，无非是在“喜不自胜”后“宴犒以酒肉”。有情人相见，红衣女子问起小崔如何而来时，小崔立马“具告磨勒之谋，负荷而至”。而在红衣女子表明愿意出逃跟随小崔相伴终老时，小崔“愀然不语”，皱着眉头不吭声，他考虑更多的或许是可能带来的影响和自己需要承担的责任；或者说，他在衡量为了这样一个女子，去冒身败名裂的危险，值不值得？他来与女子相会，也许只是希望像恺撒大帝在小亚细亚取得胜利之后的那封经典捷报一样：“我来了，我看见了，我赢了！”缱绻两年后，曲江一游，红衣女子行迹败露，一品大员招小崔前去诘问时，小崔“惧而不敢隐”，随后“细述端由”，云“皆因奴磨勒负荷而去”，一个“细”，一个“皆”，将小崔凡事只愿在唯唯诺诺中明哲保身的性格表现得淋漓尽致。

至于红衣女子，一见钟情后的义无反顾着实令人措手不及。月圆之夜，在她知道小崔是得了身怀异能的磨勒相助，而磨勒此时正在帘外等候时，先是“召入”，随即“以金瓯酌酒而饮之”。一个素昧平生的女子对自己如此礼遇，自然令磨勒感动不已。尤其红衣女子在阐述过身世，并向小崔表明自己“所愿既申，虽死不悔。请为仆隶，愿待光容”的态度后，虽然小崔默不作声，但磨勒已被她的胆气折服，决意冒死成全这对鸳鸯，故而说：“娘子既坚确如是，此亦小事耳。”有红衣女子金瓯酌酒在前，磨勒此举则更像智伯之于豫让或燕太子丹之于荆轲。

《昆仑奴》一篇，除了文字运用和架构造就的极强镜头感，其文辞之华美也不容忽视。除了间杂的诗词，骈散结合更是其行文特色之一，如描写红衣女子神情装束的“翠环初坠，红脸才舒，玉恨无妍，珠愁转莹”、红衣女子提及自己在府中生活的“玉箸举馔，金炉泛香，云屏而每进绮罗，绣被而常眠珠翠”等，均为佳句。后世对此文亦是大加推崇，宋《太平广记》、明《情史》《剑侠传》等均将其收录，明时还有同名杂剧，至于以此为典的诗歌笔记，则更是不计其数。

后世多将红衣女子称为“红绡妓”，并有考论称故事中的一品大员乃是大唐中兴名将郭子仪，因而以蓄妓一节对他大加非议。唐人蓄养歌伎成风，并可以毫不避讳地在诗歌中称赞，如白乐天以“樱桃樊素口，杨柳小蛮腰”夸耀自家歌伎樊素与小蛮。再者，若每则故事都一定要贴上现实人物的影子，牵强加以褒贬，那恐将失去传奇的本来味道了。

尔独何辜限河梁

——《红线》

这世上一定存在着某些美好，值得我们为之奋战到底。

——《指环王：双塔奇兵》

安史之乱，可作为大唐帝国盛极而衰的一个标志性转折，虽然它的酝酿至爆发不是朝夕间的事情，但其声势及影响，绝对属于“野牛闯进了瓷器店”的级别。安史之乱被平灭后，藩镇割据的形势并没有因此得到改观，或者说安禄山的大动作反而启发出不少节度使拥兵自立的灵感。

藩镇的起源可以追溯到唐睿宗时期设立的河西节度使，节度使可掌管一地军政，并手握小范围的生杀之权。唐玄宗天宝年间已有安西、北庭、河西、朔方、河东、范阳、平卢、陇右、剑南节度使及岭南五府经略使等十节度的规模。在战略上，十节度使相当于大唐帝国的防御系统，可以将吐蕃、契丹、突厥、吐谷浑等潜在威胁隔绝在外。安禄山最受宠信时，一人兼任河东、范阳、平卢三地的节度使，范阳又是诸节度使中兵力最强之地，因此后来安禄山叛乱，只半年多时间便来到长安城下。安史之乱后，节度使遍地开花，各自统辖数州，不但经济独立，而且连封爵也成了父死子继的模式，这样的惨烈教训令后世宋太祖心有余悸、防患未然，因此三百多年的赵宋王朝自始至终都时时提防着武将，故而有文臣知各州事；将士出征，皇帝亲笔画阵图；最精锐的部队要编入禁军等种种“可爱”的防范措施。其实，藩镇割据并非天下纷争乱成一团的局面，大唐帝国在安史之乱后的衰败也是与自己之前的极度鼎盛相对而言，真正给帝国致命一击的乃是后来的黄巢之乱。

红线的故事，大背景就是安史之乱后的藩镇割据，这时的藩镇自然而然已形成两派：全心全意效忠天子的，和观望形势伺机自立的。故事中出场人物则为分别代表正派和反派的薛嵩与田承嗣。

据《旧唐书》载，薛嵩为初唐名将薛仁贵之孙，孔武有力，技艺超群。安史之乱时虽站错了队，但后来及时弃暗投明，回归李唐，故而保住了身份地位，受封为相州刺史及相、卫、洺、邢诸州节度使，大历八年（773）去世。田承嗣则父祖几代人都曾在军中大展拳脚，到了田承嗣这一辈，安史之乱时更是大出风头。他见风使舵的本领更胜于冲锋陷阵，眼见郭子仪攻取了东都洛阳，自己也改旗易帜，准备归效朝廷；转眼之间，田承嗣又觉得筹码应该押在叛军一方，于是便成了与官军对抗的先锋。在史朝义亲自策划杀掉老爸史思明之后，田承嗣再次衡量正反两方的力量对比，最终在眼含热泪接受前去搬兵的史朝义之托——照顾好史朝义的老妈和老婆——后立即变脸，将史家一门都绑成粽子交给唐军，作为自己再次归降的投名状。接收降军的仆固怀恩担心战后自己会被卸磨杀驴，因此卖了好大的一个人情，即上表奏请诸位降将不必交权交地，且能获得朝廷任命的正式封号。此时的唐王朝哪有心思计较这些，只希望各地叛军归降一个是一个，哪怕只是名义上的，自然不敢不从。因此田承嗣的势力越来越大，最终占据了博、魏、相、卫、贝、洺、磁等七州。

故事女主角红线的身份只是薛嵩家中侍婢，因其颇具文才，故而命她掌管处理文书。时安史之乱初定，朝廷有意让藩镇之间互为牵制，便命薛嵩、田承嗣和令狐章几人联姻。

田承嗣对薛嵩所镇的潞州虎视眈眈，于是放出话，说自己肺疾严重，若能西迁到太行山以东居住，才能真正起到治疗作用。与此同时，田承嗣还公然从军中选拔了三千壮勇，按照海豹突击队的标准严格训练之后组成一支精锐部队，番号“外宅男”。顾名思义，外宅男想宅在家里是不行的，他们得天天在田承嗣活动范围方圆数里之内的地方巡逻，以确保首领的人身安全。

薛嵩认为田承嗣组建这支部队，目的绝无对外宣称的那么单纯，很有可能自己哪天去赴个鸿门宴或者晚上在家打呼噜时，就会被这些神出鬼没的宅男们取了性命。薛嵩因而觉得心里没底，外在的表现就是白天长吁短叹和晚间到处溜达。终于，办法，或者说有解决方法的人被溜达出来了。红线不仅看出薛嵩是因为田承嗣的事儿闹心，最贴心的一点，是她还能自告奋勇地去粉碎田承嗣的阴谋。薛嵩一听红线的话，便知道敢揽这瓷器活儿的主儿肯定满手都是金刚钻，于是很客气地问红线，需要嘱咐下去准备什么东西配合行动？红线告诉薛嵩，自己得先去田承嗣那儿探个虚实，预计一更天去，二更天便可回来。薛嵩若是闲着没事儿，就先安排一个得力的人，待自己回来后带上薛嵩写的慰问信，骑着快马去问候一下田承嗣好了。

薛嵩见红线说得如此轻巧，不禁有些担心，低声问道：“你前去打探这事儿，若是成了，固然很完美；若是不行，会不会……”红线以不容置疑的语气说道：“此去必定有所收获，绝不会给您带来麻烦。”说罢转身回到自己房中。一盏茶工夫，当红线再次出现在薛嵩面前时，已经换了一身行头。但见她头上绾着乌蛮髻，发间插有金雀钗，身着一袭紫色绣花短袍，腰里系着青丝带，脚上是轻便靴，胸前别着龙纹匕首，前额则写着太乙神的名号。薛嵩从前哪里见过红线这身打扮，顿时张大嘴巴说不出话。红线也不多言，向薛嵩拜了两拜，然后“嗖”一下就没影了。

红线那坚定的目光仍旧没有让薛嵩能够安心去睡觉。薛嵩把自己关在屋子里，背对着灯烛，开始一杯接一杯地喝酒。耳中听着更鼓敲响，从二更到三更，再到四更；脑子里也慢慢从什么都想，变成什么都不想。虽然平日薛嵩不善饮酒，但今夜，高度紧张的神经令他超常发挥之后，仍是一点醉意都没有。眼见窗外东方的天际开始泛起鱼肚白，淡淡晨风阵阵吹起。恍惚间，似乎庭院中一片树叶落下，这样轻微的响动亦令薛嵩不禁打了个冷战。此时一个身影从窗口跃入，飘然来到自己面前，正是满面兴奋的红线。

薛嵩一下子精神起来，连忙起身，虽然他已经从红线的神情中猜到八九分，但还是忍不住问：“事情做得如何？”红线点点头，回答说：“托大人的洪福，不曾有辱使命。”薛嵩这才安下心来，继续问道：“此去……没有伤到人吧？”红线嫣然一笑：“来去都没有那么多枝节麻烦，而且我只是把田承嗣置于床头的一个金盒拿了回来。”随后，红线开始细细讲述自己这一夜的行踪经过。

红线拜别薛嵩后，一路疾奔，夜半时分便到了魏城，随后很容易就找到田承嗣的居处。田承嗣打着呼噜睡得正香，脚也露在被子外面。走廊里他的外宅男们也个个鼾声如雷，丝毫没有察觉红线的到来，而庭院中夜巡的军士则哈欠连天地来回走动着。红线在田承嗣的床边细细打量，见他头上裹着黄色头巾，枕的是一个绣花枕头；枕边放着一把短剑，短剑前则有一个敞开的金盒，里面放着写有他生辰八字及北斗神名字的文书，上面还覆盖着香料和珍珠。此时田承嗣正沉浸在甜美的梦境中，哪里会想到已然命悬一线。如何对付眼前的田承嗣，也让红线多少犯了会儿琢磨。虽然杀掉他易如反掌，但只怕这里会因此乱上一阵，也会给薛嵩带来不少麻烦。眼见香炉上的袅袅青烟已慢慢消散，时不时爆出几点火花的灯烛也跳动着越来越暗。红线心知时辰不早，该准备回程了，于是便只拿了那金盒，顺着来时的路返回。一气行出二百多里后，红线见头顶一轮明月，耳边是漳河奔流向东的哗哗声，远方的城郭农庄隐约传来鸡鸣，她的心情一下从之前的紧张气氛里解脱出来，脚下也行得更快了，终于在天亮前赶回薛嵩府上。

薛嵩从红线手中接过金盒，欣喜非常，这才明白红线临行前告诉他派人送信的用意，于是提笔修书一封给田承嗣，说昨夜有人自魏城来，从田承嗣床头拿了个金盒献给自己，自己不敢擅留，因而即刻派人送还原主。被派去魏城送信的使者上午出发，三更天方才到达。虽时为夜半，使者在田承嗣府第外，仍听见门内乱哄哄喧嚣一片，显然是在四处寻找金盒，搜寻盗匪。使者敲开门，称自己是薛嵩派来有要紧物事转交田承嗣的，务必速速通报。田承嗣快步出来收了金盒，再看过薛嵩亲笔书信，顿时明白昨夜自己几乎丧命的际遇，不禁眼前一黑，几欲晕倒。待缓过神来，田承嗣急忙一边好生款待使者，一边备下布帛良马等重礼，并回信诚恳地致歉，说薛嵩放过自己性命的恩情定当心中铭记，以后也绝不会再图谋算计薛嵩的辖属。至于那些招募的外宅男，本为看家护院之需，如今看他们也没有起到保护自己的作用，索性解散算了。

薛嵩收到田承嗣的回信和谢礼，心里一块大石终于落地，对于红线的感激之情自是难以言表。田承嗣与薛嵩这场暗战，最终以红线盗盒带来薛嵩的完胜。皆大欢喜的结局似乎可以为这个故事画上完满的句号。然而句号一下子变成了分号，薛嵩与田承嗣自此开始的书信往来与礼物互换并非最后结束。红线情理之中而又意料之外的归隐，才是整篇故事的寓意所在。

这一天，红线忽然来向薛嵩辞行。薛嵩很惊奇，问：“这么多年来你一直都生活在这里，如今却打算去哪儿？而且，你刚刚显露了身手，以后我还有很多事需要你帮忙，你怎么能离开呢？”红线告知薛嵩，自己其实有知晓前生命途的能力，前世她本是一个四处行医的男子，因某次给孕妇错服药酒，令孕妇和肚子里的两个孩子均不治身亡，故而阴司罚他此生生为女身，并以奴婢为业。如今已经十九年过去，她昨夜的举动是为了让百姓避过战火劫难，如今大功告成，也算一件善举，故而打算远离喧杂隐居山林，真正为自己的未来打算一下。薛嵩听了，不禁吸了一口凉气，虽然心中不舍，但亦知道红线话既出口，必然无法挽留，只是终究有些牵挂，于是问：“你一个姑娘家，在山里可如何居住呢？”红线笑道：“我既然能知道前生的因，自然也安于今世的果；而为了来生的果，还怎么会计较今世的因呢？”

薛嵩于是安排盛宴为红线饯行，席间，薛嵩请冷朝阳为红线赋诗一首：采菱歌怨木兰舟，送客魂消百尺楼。还似洛妃乘雾去，碧天无际水空流。并请歌妓即席演唱。红线听了，想起多年来在薛嵩家中的喜乐沉浮，如今离别在即，心中百感交集；因而一边悲切地哭泣，一边向薛嵩下拜。随后，红线向众人称自己已喝醉了，遂转过身头也不回离开。薛嵩知道今日一别，怕是再无相见之日，但红线假称酒醉离席，自是不喜儿女情长地送别一番，因此也不起身劝拦。此后，果然再也没有人见过红线的踪迹。

红线的故事出自《甘泽谣》，撰者为袁郊，其父袁滋曾在唐宪宗时任宰相，至于袁郊本人，史籍上可寻的事迹不多。《新唐书》收录其《二仪实录衣服名义图》《服饰变古元录》各一卷。后人熟知的《甘泽谣》目前存世一卷九篇。其书名来由，南宋晁公武《郡斋读书志》中称，因其为咸通年间袁郊“久病卧疾”时所著，故名《甘泽谣》；南宋陈振孙《直斋书录解题》中说“以其春雨泽应，故有甘泽成谣之语，以名其书”，似未提袁郊的病体。除《红线》外，

《甘泽谣》中《圆观》一篇对后世影响也不小，且主旨内容亦是轮回转世。而在《太平广记》里，红线的故事则与“京西店老人”“兰陵老人”等同被归为豪侠类，淡化了预知与宿命的主题。

按正史所记，薛嵩在唐代宗宝应年间归降朝廷，被封为昭义节度使。在他病逝后田承嗣图谋其辖地也确有其事。而故事里在为红线饯行时赋诗的冷朝阳则是代宗时进士，后为薛嵩幕僚。唯有红线，除了北宋计有功《唐诗纪事》中提及她乃因手纹如红线而得名外，鲜见于其他典籍记载。

当然，虚构的人物并不影响故事的精彩，尤其语言上骈散结合的风格，更显出袁郊文字才华的独特韵味。红线这个栩栩如生的侠女形象，除了以客观叙述及自述体现之外，更是在对薛嵩和田承嗣的语言、动作等描写衬托下得到无意提升。红线的不凡，在故事开端看似与主题无甚关联的介绍中便已有所体现：“善弹阮咸，又通经史”，故而“嵩乃俾掌其笺表，号曰内记室”。这“内记室”的称呼，也与后来被打败了的三千“外宅男”成为对比。而在军中宴乐时，红线听出击打羯鼓的军士鼓声中“颇凄”，推断“调其声者，必有事也”，完善了红线对音律精通的说明之余，亦隐隐将红线与师旷、裴知古、李泌等自音声辨吉凶的人同列。在至田承嗣治所那晚，红线对薛嵩所言“某诚贱品，亦能解主忧者”，则是柔中带刚，信心满满；其后夜行的“梳乌蛮髻，攒金凤钗，衣紫绣短袍，系青丝轻履，胸前佩龙文匕首，额上书太乙神名”打扮，更是令薛嵩不得不对她另眼相看。乌蛮髻在出土的唐陶俑中颇为常见，其形当是在头顶绾成高而尖的一髻，并向着额前垂下。清方亨咸《苗俗纪闻》中记“妇人髻高一尺，婀娜及额，类叠而锐”；后世连环画中侠女的装扮，发髻均大抵依此造型。

红线离开后，薛嵩“返身闭户，背烛危坐”，用饮酒来抑制等待的焦虑。他“常时饮酒，不过数合。是夕举觞，十余不醉”，以表面的静，反衬内心暗涌的动。而红线那边移步换景的动，则每时每刻都可能有意想不到的事情发生。这些情节用红线的叙述来体现，更给人身临其境之感。在拿到了田承嗣枕畔的金盒，即将离开时，红线见那些护卫“或头触屏风，鼾而軃者；或手持巾拂，寝而伸者”，于是“拔其簪珥，縻其襦裳”，即使这样，那些人依旧“如病如昏，皆不能寤”，一方面尽显红线过人的胆识，同时这种不失童心的行为又令读者在紧张气氛中忽地露出一个舒缓的微笑。另一方面，大家“如病如昏”的非正常状态也与其装扮上“额上书太乙神名”，及夜行七百里的神技相呼应。暗示红线绝非普通女子，在她身后，一定有某种神秘力量相助，故而后来红线说起自己能知晓前生之事，亦不显得突兀。

红线在归程中心情放松了许多，故而路上看到“铜台高揭，漳水东注，晨飙动野，斜月在林”动静结合的清朗景象，自然生出欢喜之情。同样，薛嵩听过红线的讲述，给田承嗣的信中说：“昨夜有客从魏中来，云自元帅头边获一金盒，不敢留驻，谨却封纳。”短短数句，看似谦卑，其中仍是充满遮掩不住的得意。随后送信“专使星驰，夜半方到”，速度的对比更是反衬出红线非同凡俗。

红线这一夜的作为令“两地保其城池，万人全其性命，使乱臣知惧，烈士安谋”，在她自己亦知“可赎其前罪，还其本形”，因此选择急流勇退，去“遁迹尘中，栖心物外，澄清一气，生死长存”，并拒绝了薛嵩“遗尔千金，为居山之所给”的想法，希望自此断绝人世恩怨纷争，而能接近人生在世应当探求的真理，看似舍，实则得。此中真意，悉者寥寥。

慊慊思归恋故乡

——《聂隐娘》

你真正是谁并不重要，重要的是你都做了些什么。

——《蝙蝠侠：开战时刻》

更鼓已敲过三更，聂锋却在床上翻来覆去睡不着：他在魏博节度使麾下当了多年将军，即使节度使对他也是礼数有加，可今儿白天却被一个不知从哪里来的尼姑戏弄了。虽然尼姑只说了短短几句话，也没有什么过分的举动，但她眼神中的嘲笑与嘴角浮现的轻蔑令聂锋颇有些恼火。当然，对于亲历过战场的聂锋来说，几句话还不足以令他心神失措，他知道，自己的焦虑其实是怕尼姑轻描淡写的那句话真的会发生。

这件事发生在今天午后。阳光很刺眼，聂锋坐在庭院中的胡床上，看着女儿隐娘跑来跑去玩耍，自己则有些昏昏欲睡。这时，外面响起几下叩门声，仆从引进来一个化缘的尼姑。唐德宗崇佛，其时国中上下对于僧尼很是恭谨。仆从请尼姑在庭院中等候，自己返身去厨房准备饭食。那尼姑目不转睛地盯着隐娘看了一会儿，忽然张口对聂锋说："这孩子骨相非凡，很适合做我的徒弟。"聂锋只道她是客气话，喉咙里勉强挤出一声“嗯”算是回应。但尼姑随后的话让聂锋心里小小震动了一下：“不如你把她送给我，让我传授她一些真本事。”聂锋从胡床上跳起来，呵斥道：“你知道这是什么地方？你知道我是谁？居然说出这么无理的话！”取来饭食的仆从正好回到庭院中，不知主人缘何对尼姑发怒，伫立当场不敢上前。震动还远远没有结束，面对聂锋激烈的反应，尼姑微微一笑，看着聂锋的眼睛，慢慢地说出那句让聂锋难以成眠的话：“这是我看上的东西，就算你把她藏在铁柜里，再加上千百把锁，我也一定会取到手。”说罢，上前从仆从手中接过饭食倒在钵盂中，然后施了个礼，转身出门飘然而去，宛若清风拂过丝毫不留痕迹。聂锋和仆从面面相觑，隐娘看看父亲，又看看仆从，懵懂的大眼睛里充满了疑惑，但对她来说，这都是大人们的事儿，他们总会有这样那样的不高兴，而她只有十岁，还可以再玩上几年，于是转眼隐娘又去开心地玩耍了。

窗外忽而传来几声猫头鹰的叫声，这让夜不能寐的聂锋更觉心烦意乱。他索性起身穿戴整齐，握着从不离身的长剑，去乳母和隐娘居处的门前守候。四周一片寂静，聂锋侧耳细听，与往日可以听到两个人均匀的呼吸不同，今天似乎屋内只有一个人沉浊的鼾声。聂锋用力敲了几下房门，无人回应，一种不祥的预感油然而生。聂锋一把推开门冲到女儿床边，床上只剩乳母一人酣睡，哪还有隐娘的身影？聂锋顿如五雷轰顶，踉跄数步几欲跌倒。家中闻声而来的仆婢卫士见突生此变，都不知如何是好。聂锋安排众人四处寻找女儿和尼姑的下落，却哪里寻得到。

自这日，聂锋夫妇每每想起失女之痛，便要相对感叹流泪一番。如此过了五年，又是一个暖洋洋的午后，又是聂锋独自坐在庭院中，又是外面响起了敲门声，又是那个尼姑出现在门口；但她的身边，站的正是已经出落得亭亭玉立，再也不是当年那个小童的聂隐娘。

面对目瞪口呆的聂锋，尼姑依旧用与当年一样平静但不容置疑的语气说："我已将绝世技艺传授于她，现在把她送还你们。"说罢，又如当年一样转身便出了大门。聂家上下闻声纷纷出来，拉着聂隐娘问长问短，尤其聂锋的夫人，见到失而复得的女儿更是喜极而泣。然聂隐娘的神情却异常镇定，没有什么悲喜变化。待聂隐娘沐浴更衣后，聂锋夫妇将聂隐娘拉入卧房，细细询问她这几年遭遇的状况。开始，聂隐娘只说自己与尼姑居于一处，每日吃斋念经。聂锋哪里肯信，一直追问不停。聂隐娘道："我若是说实话，你们一定因为过于离奇而觉得我是胡言乱语。"聂锋再三保证决计不会那样，聂隐娘这才一五一十地讲了自己这些年的奇遇。

那天夜里，正睡得迷迷糊糊的聂隐娘觉得有人把她抱在怀里，随后耳边呼呼生风，但四周漆黑难以辨认去处，只知道自己在风驰电掣地飞行。天亮后，她发现自己被白天看到的尼姑带到了一处深数十步的大石洞。洞外四周是郁郁葱葱的密林，一看便知是人迹罕至的隐秘之地，只有数不清的猿猴在跳跃攀爬。洞中已有两个与自己年龄相仿、相貌清丽的女孩子在等候，她们见到尼姑都毕恭毕敬地作揖行礼。尼姑安排聂隐娘与她们同宿一处，聂隐娘发现两个女孩子在悬崖峭壁上行走宛若平地，心下顿生羡慕。而且她们不吃普通的饭食，这令聂隐娘更是惊奇不已。因而在尼姑问聂隐娘是否愿意跟她学艺时，聂隐娘自是连连点头。

尼姑遂先让聂隐娘吞下一粒药丸，又给她一柄二尺来长的利剑，开始每日教授聂隐娘剑术。除此之外，聂隐娘还须跟随那两个女孩子学习攀缘，不到一年光景，聂隐娘已然身轻如燕，攀爬技能足以与山中猿猴一较高下。两年之后，她的剑技亦是颇有小成，擒杀虎豹犹如探囊取物。尼姑为她定立的下一训练目标，是在手里兵刃减至五寸长时击杀鹰隼，在这段提高进阶中，聂隐娘仍是拿到了满分。因此尼姑在第四个年头里开始对聂隐娘进行综合实战训练——杀人。某日，尼姑领着聂隐娘来到一处集市，远远指着某人历数其恶行，聂隐娘知道这必是自己要诛杀的目标，因此也不需尼姑过多叮嘱打气，轻而易举在闹市中取了那人首级。聂隐娘在第五年的毕业考试，难度则提升到暗杀官员。这官员也是害了不少人命的匪类，故尼姑命聂隐娘杀之亦属替天行道。聂隐娘潜入他的官邸，一路畅通，在她潜伏在房梁上正待下手的当儿，却见刺杀的对象正在下面逗一个可爱的小孩儿。聂隐娘顿生恻隐之心，不想让孩子见到血腥恐怖的场面，于是一直在梁上等到天黑，四顾无人后才飞身下来取了官员的项上人头。

待她回到山洞，已过了午夜。黑暗中，尼姑端坐一隅，见到聂隐娘便叱问为何耗费这么长时间。聂隐娘解释说因为看到那官员正享天伦之乐，故而不忍下手。尼姑告知，下次遇到这样情形，先把对方喜欢的东西当着他的面毁掉，再去取他性命。聂隐娘不敢争辩，连忙拜倒谢罪。不管怎么说，毕业考试聂隐娘算是通过了，尼姑把聂隐娘两次杀人所用的三寸长羊角匕首放入聂隐娘后脑，告知她如何取用，随后将聂隐娘送回了聂锋身边。

听了聂隐娘这一番述说，聂夫人只知道一边抹眼泪，一边叨咕着："我的儿，你可受苦了。"而聂锋心中却觉得自己跟女儿之间已经竖起了一道无形的幕墙，面前这个面色冷峻、神情果敢的少女再也不是当年围着自己身畔跑来跑去的小姑娘了。尤其小小年纪便身负命债这一节，让聂锋有些不寒而栗。虽然聂隐娘重新回到父母身边，但他们之间，现在仅为同住在一座大宅子里的关系，而且只限于白天。每到夜晚，聂隐娘便要出去，第二天清早才回。聂锋不想问，也不敢问她的去向，现在凡有关聂隐娘的事，都是聂隐娘自己说了算——甚至包括某天她突然选了一个在门口路过的磨镜少年做丈夫，并在成亲之后搬出去住，聂锋只能在心里暗暗担忧和烦躁，行动上则要配合着安排。

终于有一天，聂锋不必再计较聂隐娘的所思所行，他以去世结束了自己担惊受怕的生活状态。聂家的仆从们也不用再刻意回避原本在家中绝对不能提起的关于聂隐娘的话题。于是，聂隐娘神乎其神的技艺很快传到了魏博节度使耳中。这样好的武器闲置着着实可惜，魏博节度使便先把聂隐娘夫妇召为自己部下，不久让聂隐娘去刺杀跟自己关系不好的陈许节度使刘昌裔。

刘昌裔在历史上确有其人，据《新唐书》载，他少年时期即表现出与年龄不相符的持重，常常躲在一边思考问题。后凭谋略入仕，唐德宗都曾为其文笔折服。刘昌裔在陈州守城时显露了刚毅果敢的军事天才，与盘踞蔡州的吴少诚相处更是刚柔并济，颇有当年羊祜陆抗之风。唐宪宗元和年间，因天子对刘昌裔割据一方心怀不满，下诏召他回朝。刘昌裔知道朝廷的心意，便以健康原因上表乞退，不久在洛阳家中病逝。《聂隐娘》故事将魏博节度使授意聂隐娘刺杀刘昌裔的时间背景也设置在元和年间。只是故事中的刘昌裔在文韬武略之外，附加了超人的预知能力。他清楚地看到：聂隐娘夫妇就是要刺杀他的人，他们会在某天早晨分别骑着黑驴白驴从治所北门入城，行至城门边，因为一只喜鹊叽叽喳喳在聂隐娘夫君面前叫个不停，聂隐娘的夫君用弹弓射击，没有打中；聂隐娘拿过弹弓，一下就射杀了喜鹊。于是刘昌裔安排一队亲兵在北门迎候，嘱咐他们一旦见到与自己叙述相符的夫妇便立即恭敬地请回府中。

果然，在刘昌裔所说的那个时辰，亲兵见到了分别骑着黑驴白驴的聂隐娘夫妇，而且射杀喜鹊一节亦与刘昌裔交代的分毫不差，连忙上前施礼迎接。聂隐娘心中明白，此行是不会完成魏博节度使所交代的事情了。在见到刘昌裔后，聂隐娘发现刘昌裔宽怀仁厚气度非凡，遂愿留下为刘昌裔效命。魏博节度使自然不肯善罢甘休，在他看到自己枕边有聂隐娘神不知鬼不觉放的、以红绸包裹的一绺头发，表示不再为他效力之后，登时勃然大怒，派出自己的另一秘密武器——杀手精精儿，去完成刺杀刘昌裔的任务，当然，也要一并取回叛徒聂隐娘的首级让自己消消气。这一节，聂隐娘早已料到，她知道自己的本领对付精精儿不在话下，于是告诉刘昌裔不必因此担忧。

这夜，刘昌裔的府第灯火通明，刘昌裔也穿戴整齐端坐床边。三更时分，忽然半空中出现一红一白两面长幡，伴着阵阵呼呼的风声，若蛟龙打斗一般围在刘昌裔身旁翻滚腾挪。刘昌裔则气定神闲地静静观看，即使幡角碰到衣衫巾脚也毫无惧色。良久，只见那两面长幡一前一后猛地向上蹿去，在几乎撞到屋梁时，其中一个轰然坠下，落地后变成了一具身首异处的尸体。随即，聂隐娘也现出身形自半空轻飘飘落下。她向刘昌裔施了一礼，告知已将精精儿杀死，随后拖着地上的尸体去庭院正中，用药水将尸体化尽。刘昌裔见聂隐娘的脸色不但没有丝毫舒缓，反而显出更加忧心忡忡的神态，必然另有枝节，但也不好多问。果然，一切收拾停当后，聂隐娘告诉刘昌裔，魏博节度使知道折了精精儿后，会再派一个叫妙手空空儿的杀手前来。这妙手空空儿身负怪术，人鬼不能欺之，当真是个来无影去无踪的绝顶高手。聂隐娘的能力远不及他，所以只能一半凭运筹、一半凭运气，来看刘昌裔是否会逃过此劫。刘昌裔笑答："死生各有天命，我等无非行善举、尽人事罢了。"

聂隐娘遂安排刘昌裔寻取数块上等和田玉串成玉带，在妙手空空儿到来的那晚，躺在床上后将玉带围于颈项上，并用被子盖住。聂隐娘则变成飞虫从刘昌裔嘴里潜入其腹中应对变化。刘昌裔依言而行。夜半，刘昌裔正两眼微闭假作睡熟，忽觉床边烛火被一阵疾风带得暗了一下，随后耳边传来"当"的清脆一声，脖子上则隐隐感觉到一记震动。刘昌裔只觉喉咙一痒，不由自主张开嘴。

待他睁眼一看，聂隐娘已经变回人形立在床边。聂隐娘脸上是抑制不住的喜悦，她告诉刘昌裔，直至此时，这一劫才算完全化解。因为那妙手空空儿向来以技艺自负，一击不中便羞愧不已翩然远去，不会再对同一目标再行刺杀之事。魏博节度使那边也已没有更高强的杀手可以调遣，故而暗杀行动就此结束。

刘昌裔解下玉带，见其中一块上面有道又细又深的裂痕，原本掩盖着玉带的棉被已被利器刺穿。想起自己刚才电光石火间生死悬于一线，不由心有余悸。自此，刘昌裔对聂隐娘夫妇更加敬重。

不久，天子诏命宣刘昌裔进京，刘昌裔问聂隐娘是否愿意同行，聂隐娘告诉刘昌裔，自己与师父曾有再见之约，时限未到前，自己要去名山大川寻访得道高人继续修习，故而不能与刘昌裔一道。唯一的请求是让刘昌裔给自己丈夫安排个待遇优厚的闲职，也好夫妻分别后他能衣食无忧。刘昌裔心中虽有不舍，但更明白此事不可强求，便点头答应。饯别之后，聂隐娘飘然而去。后来，她在故事中又有两次出现，其一是刘昌裔离世，聂隐娘前来祭奠，在灵前恸哭不止。其二是唐文宗开成年间，刘昌裔的儿子刘纵被任为陵州刺史，路经蜀地时见到聂隐娘。聂隐娘的容貌还与当年一样，依旧骑着头白驴。聂隐娘告诉刘纵，他若去陵州做官必会有灾祸降临，只有辞官回洛阳方能化险为夷。刘纵不以为然，聂隐娘便给了刘纵一粒丹药，告诉他这只能保护他在一年中没事，若一年后他仍旧贪恋官位，就会有不祥的事情发生。之后，聂隐娘与刘纵欢饮一番便各奔东西。再之后，刘纵果卒于陵州任上，而聂隐娘，则“自此无复有人见”。

《聂隐娘》的故事与《红线》一篇有不少类似之处。在大背景上，同样是藩镇割据，同样是两方冲突；在人物设置上，同样是身怀绝技的奇女子，同样有夜入一方节度使睡房并在他枕畔留记的经历；故事结尾，主人公同样有“事了拂身去”的飘逸和“深藏身与名”的洒脱。也难怪《聂隐娘》一文虽收录于裴铏的《传奇》一书，但有考据称其作者为著有《甘泽谣》的袁郊。

相比红线能预知自己的前生，在救助一方百姓后隐遁行迹的宿命主题，聂隐娘的经历更具有侠的内涵。自古，史籍中便不乏关于刺客的记述，《史记》里专有《刺客列传》一篇，记述曹沬劫齐桓公、专诸刺吴王僚、豫让刺赵襄子、聂政刺侠累，以及荆轲刺秦王等故事，但究其根底，义气与报恩的成分令侠骨与道义的体现略显薄弱。相较而言，聂隐娘本受魏博节度使之托刺杀刘昌裔，反成为刘昌裔的得力助手。以明辨是非的大义代替私人恩惠的小情，更令人肃然起敬。春秋时，鉏麑受晋灵公之命刺杀忠臣赵盾，被赵盾正气所感，最终以自尽来成全对君主的忠与内心良知的义。这种忠义之间的选择，在笔记小说的人物形象塑造里屡有体现，除了聂隐娘，《唐国史补》中某侠客被恩将仇报的囚犯夫妇所雇，本欲刺杀李勉，在得知真相后反而杀掉囚犯夫妇；《三水小牍》中，李龟寿受人指使去刺杀宰相白敏中，被发觉后无地自容，转而追随白敏中左右。这些故事中的主人公，均可说是“铁肩担道义”的侠客典范。

与诸多侠客相比，除了忠义这个共性，聂隐娘的经历与行为还要多蒙上一层玄幻色彩。如尼姑除教授和训练她学习盖世武功外，更要她断绝世间情欲。再回到父母身边，除了亲情上聂锋对她“不甚怜爱”外，她对自己婚姻的选择是：“忽值磨镜少年及门，女曰：‘此人可与我为夫。’白父，父不敢不从，遂嫁之。”她在两人小家庭中的主导位置：“至门，遇有鹊前噪夫，夫以弓弹之，不中，妻夺夫弹，一丸而毙鹊者。”“自此寻山水，访至人，但乞一虚给与其夫。”不难看出，聂隐娘已抛弃了人世间的儿女情长。自然，她对财货也不感兴趣。魏博节度使对他们夫妇“以金帛署为左右吏”，这并没有妨碍她判断孰是孰非；归附刘昌裔后，她的要求也只是“每日只要钱二百文足矣”。蜀道上，刘纵重逢聂隐娘并“遗其缯彩”，结果“隐娘一无所受，但沉醉而去”。也只有达到这个对于名、情毫不动心的境界之后，聂隐娘预知未来的能力也才能更加出神入化。在预知未来这一点上，刘昌裔会如身临其境般地看到将要发生的事情，反而更令人啧啧称奇。在后世批判其荒诞不经之余，好莱坞电影作品中，尼古拉斯·凯奇主演的《惊魂下一秒》与汤姆·克鲁斯主演的《明日边缘》则将这个不同时间空间场的现象具体而完美地反映了出来。

聂隐娘名字中的“隐”所用亦是极妙，一个“隐”字涵盖了抽象的性情与具体的归宿。明末，秦淮八艳之一的才女柳如是便将自己的名字自杨爱改为柳隐。同时，故事中尚有诸多细节为后世小说带来不少启发，如聂隐娘变作小虫进入刘昌裔腹中的套路，在《西游记》里屡见不鲜，尤其三借芭蕉扇时孙悟空钻到铁扇公主肚子里，简直就是这个场景的翻版。而严酷得近似冷血的尼姑师父，更成为武侠小说中诸多“独臂神尼”的性格源头。梁羽生先生的小说《大唐游侠传》《龙凤宝钗缘》《慧剑心魔》等则直接将聂隐娘塑造成了一个有才有貌、有爱有恨的奇女子，血肉丰满了不少，只是与这个“隐”的距离却愈发遥远。

心忧增慕怀惨伤

——《谢小娥传》

有些人能清楚地听到自己内心深处的声音，并以此行事，这些人要么成了疯子，要么成为传奇。

——《燃情岁月》

谢小娥成功地将这两种结果合二为一，成了疯狂的传奇。至少在当时，谢小娥的故事让李公佐感觉到不小的震撼，故而他以第一人称讲述了疯狂传奇的前前后后。

那是在唐宪宗元和八年（813）的春天，李公佐刚刚辞去江南西道观察使判官一职。这里首先明确江南西道的意思和所辖范围，“道”属于唐帝国一级行政区划分单位，其下为州，再下为县。完好保留汉唐之风的韩国、日本至今使用“道”作为行政区划单位。唐初，天下分为十道。唐玄宗开元年间，江南道被分为江南东道、江南西道和黔中道。虽江南西道后又被拆分为“江西道”“湖南道”“宜州道”等，“道”又经“路”“省”等区划名称沿革，但“江西”这个名字却自此沿用下来。观察使即观察处置使，为稍低于节度使、同样主管一方军政的行政官员，判官的“判”为执行、主理之意，判官是执行事务的中层官员。李公佐担任的便是这种职务。他离任后顺江而下，在南京瓦官寺游玩时与寺僧齐物谈天说地颇为投机。齐物偶然提起曾有个叫谢小娥的年轻寡妇来向他求教过一个谜语，说里面包含着天大的冤情。但齐物无论如何也想不出答案。这次李公佐前来，不妨也试着猜猜。李公佐听了很好奇，便让齐物将谜题写在纸上。齐物写下“车中猴，门东草。禾中走，一日夫”十二个字，李公佐拿着这张纸在回廊间来回踱步苦苦思索，手指还不时在空中写写画画。

一盏茶的工夫，李公佐便知晓了其中奥秘，于是请齐物派人把谢小娥找来，告诉她字谜中隐藏的似乎是两个人的名字，只是不知其中的寓意为何。谢小娥一听，登时号啕不已，连连给李公佐行大礼拜谢。半晌，谢小娥才止住哭声，向众人讲述了自己家中遭遇的惨祸。原来，谢小娥本是豫章一个巨商家的女儿，八岁时母亲便去世了。后来她被父亲许给历阳豪侠段居贞为妻。谢小娥的父亲虽富甲一方，但毫不张扬，喜欢凡事亲力亲为，常常带着女婿往来于水陆之间做生意。

谢小娥十四岁那年，突如其来的灾祸降临到她家中。那是一个交织着血、火和惨叫的夜晚，数十名盗贼闯入谢家，谢小娥的父亲和丈夫在反抗时被乱刀砍死，包括谢小娥在内的家中其他人或死或活都被扔进江里，所有金银财物亦被洗劫一空。谢小娥胸部受创，脚也被打断，顺着江水漂流一夜方被过路船只搭救，又过了一天才慢慢苏醒。谢小娥虽大难不死，但此际家亡人散只剩下自己孤零零一人，活着实在比死所受的煎熬更大，自然每日涕泣不止。

李公佐听到这里，不禁倒吸了一口凉气。长江一带盗匪猖獗他是早有耳闻的。尤其江南西道境内，洞庭湖、鄱阳湖、丹阳湖与赣江、湘水、长江等架构和支撑起了完备庞大的交通运输网。水路沿岸在作为朝廷赋税所倚重的地区之外，亦是民间商业聚集和发生的地点。由此也催生了水路的“三害”，除了河道险峻、水患泛滥等天灾外，江河盗匪这样的人祸才是最大危害。唐太宗贞观年间的左难当、武后临朝时候的狄仁杰都先后有清剿江贼的措施，但因地域广阔、行动隐蔽等诸多原因，终究不能完全禁绝。唐肃宗之后，江河盗匪活动的频率及烈度均达到登峰造极的程度，而各级官府对此则几乎无能为力。杜牧曾有《上李太尉论江贼书》，详述了江贼的数量“上至三船两船百人五十人，下不减二三十人”，行动规模为“水劫不便，逢遇草市，泊舟津口，便行陆劫，白昼入市，杀人取财，多亦纵火，唱棹徐去”。“江南江北，凡名草市，劫杀皆遍，只有三年再劫者，无有五年获安者”——三年遭劫两次的都算是幸运，五年不被劫匪光顾的根本就没有。其暴行“劫杀商旅，婴孩不留”“日杀不辜，水满冤骨，至于婴稚，曾不肯留”“沉舟灭迹者，即莫知其数”，残忍程度令人发指。但江贼抢劫得到的金银财物又不敢直接拿到集市中销售，于是创立了一种洗钱的方法，即把不好出手的赃物尽皆带去山中与茶农交换茶叶，之后再售卖茶叶换取银钱。此举令官府也常常因为缉拿无据而一筹莫展。

指望官府，怕是希望渺茫。李公佐知道这一点，谢小娥更知道。但李公佐仍没有想出谢家的灭门惨祸又与那十二个字有什么关联。谢小娥缓和了一下情绪，继续讲道：“救了我的那个船家还要继续赶路，见我伤势已不会危及性命，便将我在一处河埠放了下来。我身无分文，又无处可去，一路茫然四顾乞讨着到了上元县，被妙果寺的净悟尼姑收留。她每日照顾我起居饮食，我痊愈后，时常去佛堂里听她诵经，不由得生出皈依佛门的心思。但有天晚上，我梦到父亲浑身是血站在我面前，告诉我杀他的人是‘车中猴，门东草’。更奇怪的是隔了几天，夫君出现在我梦中，告诉我杀死他的人是‘禾中走，一日夫’。我知道这必是他们含冤待雪，希望我能替他们讨回公道的意思，但我又实在想不出里面隐含着什么，于是便记下这两句话，四处求教有学问的人，一年多来始终没有什么结果，今天您说其中隐藏了两个人的名字，那定为杀害我父亲和夫君的凶手，还请您明示。”

李公佐这才恍然大悟，他告诉谢小娥，那“车中猴”，乃是一个“申”字，因为“车”去掉上下两横，只剩下一个“申”，申与猴恰是地支与生肖的对应；“门东草”隐藏的则是“兰”字，草下有门，门中加一个东，便是兰了。所以杀害她父亲的凶手叫申兰。而“禾中走”按字义判析，为在田中穿过，田字上下出头，所藏的仍是个“申”字；至于“一日夫”，则是“一”“夫”“日”三字相叠，为“春”。故而夺去她夫君性命的人名叫申春。这个字谜在使用字形能表述字义的繁体字时一目了然，而用浅薄的简体字解析则让人一头雾水。因此在“车中猴，门东草”一句，将车、门、东分别还原为車、門、東，便可以看出其中的端倪。

谢小娥知道了仇人的名字，再次失声大哭并拜谢李公佐。随后，她将申兰、申春四字写在衣服衬里不起眼的地方，发誓一定要找到凶徒为家人报仇，便拜别了李公佐、齐物等人。李公佐深为谢小娥的气概所折服，但想到她一个弱小女子，独自寻找杀父仇人无异于大海捞针，即使真的找到，怕也不可能令沉冤得雪，稍有不慎，自己也会因此丧生，不由得又为她深深叹惋。

转眼五年过去，就在谢小娥娇弱而坚定的身影几乎在李公佐心中慢慢变淡消退的时候，命运却再一次把也许本该重逢的这两个人拉到了一起。

元和十三年（818），唐宪宗的“元和中兴”初具成效，不少藩镇都愿意重新归附朝廷，李公佐则结束游历即将前往长安。途中路过泗州善义寺，便顺道去拜访一位法号令操的尼姑。但见十几个新受戒的尼姑恭谨地侍立在令操左右，大家在与李公佐见礼时，其中一个忽然问道：“您可是从前在洪州任判官的李大人吗？”李公佐略一惊愕，这尼姑的眉眼，不正是当年那个悲楚凄苦的谢小娥？但是她怎会如此装束在这里出现？故人重逢，谢小娥流下两行清泪，令操显然知道其中缘由，不禁口念佛号，转入后堂，留下谢小娥与李公佐诸人，李公佐方才得以知晓这个故事的下半部。

当年，谢小娥决意要去寻出杀害父亲和夫君的仇人，但实在不知从何下手，只好先扮作男装，边在那一带的江船上做雇工，边暗暗寻访申兰、申春的行迹。如此过了一年多，谢小娥来到客商云集的浔阳郡。这天，她在应征佣工时发现雇主居然名叫申兰。谢小娥心中顿时五味杂陈，但她知道自己无论如何都要暂且抑制住愤恨，以能从长计议。于是谢小娥刻意以灵巧顺从的态度服侍申兰，两年之后，申兰不但没有发现谢小娥是女儿身，还将自家的账目也都交予谢小娥管理。谢小娥也借此见到了申兰的同宗兄弟申春，如今只需要一个恰当的时机，便可以为家人复仇了。

机会很快来了。这天傍晚，申春带了条大鲤鱼和一坛美酒，来找申兰庆贺又成了一桩买卖。两人叫上几个得力的帮凶，直喝得酩酊大醉人事不省。待群盗各自散去，谢小娥在门帘后看着瘫倒在庭院中的申兰，还有屋里烂醉如泥的申春，知道此时正是她复仇的天赐良机，于是先悄悄取了把锁将申春锁在房中，随后抄起一把利刀，轻手轻脚地走到申兰面前。看着眼前这个狰狞的面孔，谢小娥只觉百感交集血往上涌，她用尽全身力气抡起刀向申兰的颈项砍去。随着鲜血四溅，申兰不声不响地便一命归西。而谢小娥并没有开门再去诛杀申春，而是选择大声呼叫，令左右街坊纷纷前来，将不明所以的申春紧紧绑缚。随后，谢小娥前往官府鸣冤，在坦述自己的遭遇后，又将申兰、申春多年来杀人越货的行径尽数上报。浔阳太守张公亲自过问此案，按照谢小娥所言果然捉住了数十个申兰的同伙，并在申兰、申春家中搜出许多赃物。张公被谢小娥的智谋与勇气感动，上表替谢小娥脱罪，朝廷赦免了谢小娥的杀人之罪，而诏令将申春等案犯尽数斩决。

经历多年波折，谢小娥终于为家人报了血海深仇。她回到故乡后，当地豪绅大族纷纷上门求亲，意欲娶谢小娥回家。但饱尝风雨沧桑的谢小娥，对人世间的冷暖欢爱再也提不起什么兴致。于是她剪了头发，去山中求访名师真道，在元和十三年四月间于泗州开元寺受了具足戒，不久转投善义寺，在这里再次遇见了李公佐。

李公佐听后，不禁感慨万分：自己当年为谢小娥辨识出凶徒的名字，谢小娥亦果真据此斩杀了仇人，难道不是冥冥之中早已注定的吗？如今谢小娥断绝尘缘，不日便要去四处云游，一意寻求生之真谛，比起沉浮世间那些庸庸碌碌、营营役役的人们，这才是更高的智慧呀！谢小娥的节操与贞烈、隐忍与果敢，真乃须眉所不能及。李公佐因而将谢小娥故事的前前后后尽量详细完备地记述下来，原因与意义在于“发明隐文，暗与冥会，符于人心。知善不录，非《春秋》之义也”，他认为谢小娥这些经历中蕴含的内容，不但与神灵的本意暗合，也与人心的向往与期望一致。同时，知道善行却不去记录与传扬，不是也没有尽到读书人应尽的责任吗？

谢小娥的故事在《新唐书》《太平广记》中均有收录。大家可以认为这是篇侠义小说，因为她身上那种坚忍气质和与之相配的曲折经历足以令诸多男子汗颜。明凌濛初在《初刻拍案惊奇》中的《李公佐巧解梦中言，谢小娥智擒船上盗》，明末王夫之所著杂剧《龙舟会》均脱胎于谢小娥的故事。连《聊斋志异》中的《商三官》也能看到谢小娥的影子。大家也可以认为这是篇推理小说，毕竟像李公佐破谜、谢小娥隐姓埋名等情节，极具推理小说需通过细致精到的分析判断，来达到曲折离奇的逻辑内容的要求。

与《谢小娥传》相映成辉的是牛僧儒《玄怪录》中的《尼妙寂》一篇。它基本是谢小娥故事的翻版，除了女主人公变为姓叶，夫君名任华；发生时间在唐德宗贞元十一年（795），故事开端为只有父、夫去潭州时被害，家中其余人没有遭到劫难等诸多细节不同外，李公佐猜谜指点凶徒姓名，女主人公隐姓埋名缉拿凶手等情节叙述都是一样的。《尼妙寂》故事更多的是表现应当善解恶业的笔触，如在梦中，父亲和夫君不能明言凶徒名字的原因，是因为虽然“天许复仇”，但“幽冥之意，不欲显言”，所以只可用隐语暗示。在重阳节夜晚，女主人公见“二盗饮既醉”，并没有如谢小娥那般手刃一人，而是“奔告于州”，使凶徒“乘醉而获”，最终伏法。虽然减弱了快意恩仇的淋漓，但也令女主人公避免了手上被血污浸渍，从而为她最终遁入空门提供了最佳形象身姿。当然，无论哪种情形，都不影响谢小娥或者尼妙寂已然成为那个时代的传奇。

月露谁教桂叶香

——《无双传》

这是一个简单的故事，但是讲出来却很不容易。它就像一个寓言，有悲有喜，又充满了不可思议。

——《美丽人生》

天宝十四载（755）爆发的安史之乱，在历唐玄宗、唐肃宗朝后，在唐代宗宝应二年（763）终于被平定。安史之乱成为大唐帝国由盛及衰的转折点，此后，藩镇割据和宦官专权成为蚕食帝国的两头巨兽。大历十四年（779），唐德宗即位。唐德宗面对愈演愈烈的藩镇割据局面，采取的方法是以藩镇斗藩镇，这实是极其无奈的一步险棋。若是讨伐的过程中某些藩镇因此势力更大，或者突然倒戈，后果则更加无法预知。唐德宗命范阳节度使朱滔讨伐成德节度使李惟岳，淮西节度使李希烈讨伐梁崇义。朱滔因在平叛中攻占的地盘被朝廷派来的官员接手而心存不满，申请数州赋税以充军饷的要求也被驳回更令他恼怒不已。于是朱滔与田悦、李纳结盟，转而与朝廷对峙。李希烈也公开与朱滔呼应，正式叛唐，并在河南襄城困住唐军主力。唐德宗无奈，只得急征各处人马前去救援。其中泾原节度使姚令言率部经过长安时，正值天寒地冻，不但没有得到朝廷的犒赏，反连京兆尹出面赏赐的食物也是粗茶淡饭。军士们大为愤恨，称自己将前去为天子赴死，却连一顿饱饭都吃不上，这样白白送命又有什么意义？他们听闻皇宫府库中金帛堆积如山，便前去劫掠。本来预备去救援襄城的唐军刹那间变成了攻击长安的叛匪。唐德宗得到士兵哗变的消息大惊失色，急忙下令命人打开府库，向泾原军赠送布帛。此举反令泾原军更怒，他们射杀了前来送犒赏的使臣，攻入皇宫大肆侵夺。唐德宗则仓皇出逃，前往奉天避祸。史称泾原兵变。

朱滔的兄长朱泚本留居长安，泾原兵变时，朱泚被叛军请出，在宣政殿登基称帝，国号大秦，改元应天，并下令杀害没有来得及逃走的李唐宗室。唐德宗兴元元年（784），李晟收复京师，朱泚在逃亡时被杀，经此变乱后的唐德宗再也不敢信任朝臣，转而倚重陪他逃亡的宦官，自此也正式拉开了宦官专权的大幕。

这些，便是《无双传》故事的大背景，而故事的具体发生时间，是在唐德宗建中年间。

《无双传》以史家笔法开篇："王仙客者，建中中朝臣刘震之甥也。"一个"……者……也"句式便令故事有了活灵活现的真实感。然刘震之名虽在故事中说他任尚书租庸使，史籍中却无从查考，他的外甥王仙客更是难觅其踪。

故事中，王仙客的父亲早亡，母亲带着他投奔舅舅刘震。刘震的女儿小字无双，比王仙客小上几岁，是王仙客每日形影不离的玩伴。这样的架构自然为两人日久生情做好铺垫。而刘夫人又对王仙客母子悉心照料，时不时还会拿自己女儿和王仙客开句玩笑，在加深了王仙客与无双注定要在一起的那种印象之外，也为故事当曲折生变埋下伏笔。

后来，王仙客的母亲重病，临终前将王仙客托付给刘震，说自己虽等不到王仙客洞房花烛那一天，但无双在自己心里早就是儿媳的最佳人选，因此以后务必将无双许配给王仙客，如此，自己也就没有什么遗憾了。刘震知道姐姐情况不佳，这时自然要说些安心养病之类的宽慰话。不久，王仙客的母亲去世，王仙客护送母亲灵柩回乡安葬，并按制守丧。

待守丧期满，王仙客暗暗思忖：如今自己孤单一人，该当早些娶亲延续香火。母亲临终前将自己托付给舅舅，算是已与表妹无双订下婚约，只是不知经过这几年，会不会有什么变故，还是尽快去舅舅那里寻个结果才好。于是，王仙客打点行装，重新来到京城投奔舅舅。此时刘震已是尚书省的高官，每日府上自然门庭若市。对于外甥的到来，刘震并没有什么特别欢喜或惊异的表现，他将王仙客与门生安排一处住在学馆，自己依旧忙于政务。王仙客来寻舅舅的目的，是希望自己与无双的婚事能够有个定论，见舅舅对此丝毫不提，内心不免焦急万分，几次想去向舅舅当面询问求恳。但王仙客亦知舅舅的秉性，若贸然去说，只怕弄巧成拙，于是典当掉随身所带的行李物资，换了数百万钱，对仆从侍婢纷纷赠以重礼，迂回接近刘震夫妇。在刘夫人生日时，王仙客还重金购得犀角、玉石做成的首饰献上，让刘夫人着实开心了几日。

又过了一阵，王仙客觉得自己的功课已经做得差不多了，便请一个年长的仆妇出面，去向刘夫人帮忙打探自己与无双的婚事。得到的回答是，刘夫人也赞同此事，还答应不日就会向刘震提及。王仙客听了自是欣喜若狂，每日里只是幻想着与无双琴瑟之好、鸾凤和鸣。不想又过了几天，有个平日也受过王仙客钱物的丫鬟悄悄告诉王仙客，刘震说当初并没有确定地答应要把无双许配给王仙客。王仙客登时如同身坠冰窟，垂头丧气回到自己房间，一晚上翻来覆去都不曾入睡。

这一夜，难以入眠的除了王仙客，还有临时驻扎在长安城外，由泾原节度使姚令言带领的泾原军士。这一夜，也正是泾原兵变的前夜。

第二天凌晨，刘震同往日一样早早去上朝。太阳刚刚升起，刘震便慌慌张张跑回家，气喘吁吁地吩咐众人，立即将大门紧锁，家中财物也尽快收拾包装。之后他进入内室告诉刘夫人，泾原的士兵已由姚令言带着杀入大明宫含元殿，皇上从禁苑北边的玄武门仓皇出逃，文武官员有不少跟随着一同去了。自己因挂记家中妻女，所以急忙回来料理。说罢，刘震又安排仆人立刻找来王仙客，先是告知王仙客自己已决定将无双嫁给他，随后让王仙客换上家中下人的衣服，先行押送由二十四马驮着的金银锦缎出城，在偏僻地方找到安全的旅店后，再去西北角的开远门等候他们一家三口。王仙客顾不得这突如其来的欢喜，赶忙依照刘震的吩咐，先在城外找了个妥帖的住处安顿了行李，随后便去开远门外等候。

从正午等到日落，眼见着开远门关闭上锁，王仙客却始终不见刘震一家的身影。天色慢慢黯淡下来，王仙客心中焦急，悄悄绕到刘震计划从南面出逃的启夏门，问门边守城的兵士，才知道仅这半天光景，朱泚已被拥立为皇帝，而刘震在午后本欲从此门出城，因他携带的行李众多，随行的还有四五个妇女，故而在受盘查时被百姓认出，只得退回北边去了。王仙客听后心乱如麻，不知舅舅一家是否已身陷乱军，只好一边哭着一边返回客店。夜半时分，忽然长安城各处城门大开，诸多军士举着火把四处搜捕逃到城外的官员，一时间，呼喊惨叫之声四起。王仙客在惊慌之中丢下那些金银锦缎，寻了匹马急急忙忙跑回家乡避祸。

待到叛乱被平定，王仙客再次赴京寻访刘震一家的下落，正觉得此举有如大海捞针般艰难时，却偶遇旧时家仆塞鸿，王仙客喜出望外，连忙问刘震夫妇的下落。塞鸿说自己现住在兴化坊，今天天色已晚，王仙客不如先去自家休息一晚，明早再一同前去拜访刘震夫妇。王仙客于是随着塞鸿来到他的住处，塞鸿备下丰盛的酒食招待王仙客。酒过三巡之后，塞鸿方才对王仙客道出实情，原来刘震因为曾接受朱泚任命的官职，在叛乱平定后已经与刘夫人一同被处死了，无双则被收入宫中为婢。

王仙客听到这个消息，顿如五雷轰顶，号哭不止。良久，方才止住眼泪，问刘家故仆还有谁尚在长安。塞鸿想了想，说从前服侍过无双的侍女采苹被金吾将军王遂中收在府里。王仙客长叹一声："罢了，今生我怕是不能再与无双相见，待去看看采苹，听她讲讲无双的旧事，也就满足了。"天明之后，王仙客以本家子侄身份拜访王遂中，并详述了自己与刘家关联的前前后后，最后提出愿意高价赎出采苹。王遂中感慨王仙客的情意，不但答应了为采苹赎身一事，不久还将王仙客推荐给京兆尹，替他谋了个主管长乐驿的富平县尹之职。

王仙客到任后数月，宫中派出使者押着三十名宫女去守侍皇陵，途经长乐驿。王仙客觉得无双也许会被选入其中，便安排塞鸿装扮成驿吏，在宫女住所附近煮茶。塞鸿原本还对王仙客这样的猜测将信将疑，不想夜深人静之后，果有一个房间的帘后传出无双的声音。原来她早已从帘缝中认出了塞鸿，无双得知王仙客一切安好潸然泪下，嘱托塞鸿待她们走后，去东北那阁子中一紫色褥子下取封书信转交王仙客。王仙客收到信打开一看，里面的五张花笺上尽是无双亲笔所书记述思念之情的字句，不禁泪水直流。在信的结尾，无双告诉王仙客，听人说富平县有位姓古的押衙，侠肝义胆勇力超群，如果王仙客去请古押衙帮忙，也许会有救她出来的希望。

王仙客遂辞去驿站的事务，回到富平县寻得古押衙并与之结交，自此只要是古押衙喜好的，王仙客无不尽力置备，平日里更是将宝玉珍玩不间断地奉送。如此过了一年，古押衙终于沉不住气，来问王仙客是否有什么特别为难的事情需要自己援手。王仙客于是哭着把他与无双的遭际原原本本地告诉了古押衙，希望古押衙能成全他与无双重聚厮守的愿望。

古押衙听了，仰着头沉吟半晌，最后告诉王仙客，此事虽然难办，但也不是一点可能都没有，自己愿意拼上性命去试一试，只要王仙客肯耐心等待就好。王仙客虽然心里焦急，恨不得几天就有结果，但嘴上还是谦恭地说：“这辈子只要我能再与无双相见，就已经心满意足了，哪里还敢强求什么时限？”古押衙点点头，转身出门。这一去半年都没有消息。闲居的王仙客把各种可以想到的可能都想了个遍，但也都又否定了个遍，最终，他还是发现自己除了静静地等，没有一点任何办法。

终于，又有了古押衙的消息。他派人送信给王仙客，信上只是说去茅山的使者已经回来了，请王仙客到自己住处来一趟。王仙客看后，衣服也顾不上换，当即骑着马来找古押衙。待他心急火燎出现在古押衙面前时，却见古押衙正气定神闲地喝着茶。王仙客心头疑问无数，到嘴边却又无从提起，只好陪着古押衙一直呆坐当场。直到深夜，古押衙才问王仙客身边可否有认识无双的女仆，王仙客自然推荐了采苹。古押衙便命他去将采苹带来，上下仔细打量半晌，点点头，说：“好，好，那么我就留她暂住三五天，你先回去等消息。”王仙客不明就里，只好先回到家，重新陷入了无尽又无奈的等待。

几天之后，忽然有消息说，有个宫中来的宦官巡视皇陵时，处死了一名宫女。王仙客听后心中一凛，连忙让塞鸿去探听究竟。塞鸿带回的消息令王仙客几欲断肠：被处死的宫女正是无双。

这天夜里，王仙客正在对着闪烁的灯焰暗自垂泪，忽然一阵急促的敲门声响起，来者正是古押衙。王仙客正要告知无双已经殒命的消息，却看见古押衙身后还跟着一顶软轿。古押衙闪身引着软轿进来，告诉王仙客，轿中人正是无双，虽然现在看上去与死人无异，实则是被某种药物麻醉所致，只要静静休息再喂些汤水，两天之后就会活过来，但此事一定要严守秘密。王仙客又惊又喜，急忙将无双抱入内室，寸步不离地守护着。古押衙则让塞鸿跟他同去院中挖个土坑，待挖到有一人来深时，古押衙忽地抽出刀猛地砍掉了塞鸿的头，并把尸体推到坑里埋好。随后，古押衙进来向王仙客简述了搭救无双一事的始末。原来，他自从答应尽力帮助王仙客之后便冥思苦想，并四处打探可能的方法。偶然间知道茅山的道士那里有一种可以令人假死的药，吃下去后会立即“死去”，三天后又可活过来，于是派人去要了一丸。计划的第二部分则是险中求胜，需要一个有胆有识的人假扮宦官，去皇陵巡视时假称无双是逆党并当场赐死。采苹便是充任的这个角色。第三步，则是自己假冒无双的亲属在墓地等候，以百匹锦缎赎回了无双的“尸体”。为了隐秘起见，知道此事底细的人都已被古押衙所杀。古押衙还另找了几位毫不知情的轿夫守着五匹马和二百匹绢在外面等候，让王仙客等天一亮，就带着无双远走他乡，开始隐姓埋名的新生活。

王仙客知道古押衙如此煞费苦心经营自己的事情，感动不已，忙向古押衙拜倒。只听古押衙缓缓地说：“知道这件事的人中除了你们两个外，都不能留在世上，最后一个要死的人就是我！”王仙客大惊，赶忙起身，却见古押衙已经抽出佩刀猛地向颈中挥去。血光闪处，古押衙的身体晃了两晃，扑通一声倒在地上。王仙客见此情景，喟叹不已。他将古押衙的尸首草草埋葬，随后趁着天色未明，依照古押衙的嘱咐辗转至江陵寓居。数年之后，才带着膝下子女回到故乡。据说王仙客与无双在一起生活了五十年，如此坚贞长久，也不枉古押衙一番苦心。

《无双传》这则看似爱情小说，实则偏重侠义色彩的故事到此就结束了，它本身并没有什么特别之处，但因其始终笼罩在重重历史迷雾下而令人倍感新奇。除了前面提及的大背景泾原兵变，故事中的刘震，也与当代一次重大考古发现产生了联系。1970年，西安南郊一处建筑工地上，施工人员在地下近一米深处发现了一千多件窖藏珍宝，除了玛瑙、水晶、玻璃、玉等材质的器物，最引人注目的便是大批异常华美的金银器。除此之外，另有名贵药材和药具以及各国钱币等一同出土。因其出土地点何家村属于唐长安城的兴化坊，故而有方家据唐韦述《两京新记》、清徐松《唐两京城坊考》以及《无双传》推断，这批窖藏珍宝便是没有出得了城的刘震在匆忙之中所埋下的。然而又有学者对此提出质疑，在新旧《唐书》《唐会要》《册府元龟》等典籍中均寻不到关于刘震的记述，且任掌管全国“诸道租庸使”的人在唐德宗之前约有宇文融、杨国忠、第五琦、元载、刘晏等，此职位高权重，任职者不会连名字都不被留下。

自然，故事本身不会如典籍般翔实，如文中记唐德宗建中四年（783）泾原兵变时，王仙客“村居三年”后才知道叛军已被平定，而李晟收复长安，当在兴元元年五月，唐德宗返京亦是在同年七月，绝非三年之遥。故而不妨把眼光重点放在人物的塑造上。在这个以女子名为题的唐传奇故事中，女子终于成了配角；频频出场的王仙客与其说是男主角，不如说更像一根串联故事的线索。而崇尚侠义的古押衙，在帮助王仙客获得心爱的女子这一节上，与《昆仑奴》的内容类似，但与昆仑奴乃是尽主仆之谊不同，古押衙的报恩更像豫让之于智伯、聂政之于严仲子或荆轲之于太子丹。所受恩惠越深，所需付出的代价就越大。古押衙计划缜密、行事决绝的风格，又综合了《搜神记》中为干将莫邪之子刺杀楚王的侠士，以及《史记·魏公子列传》中为信陵君出谋划策、引荐力士，最后自刎身死的侯嬴等人的气质，故而他当之无愧地是《无双传》的真正主角。

关于《无双传》的作者薛调，在历史上也留下了种种疑团。他是李唐皇室的外戚，唐宣宗大中年间进士。在唐懿宗时曾任户部员外郎、翰林学士等职。薛调性情宽和，但他最大的特点是容貌俊美，而且是超乎寻常的美，以至于他的离奇死亡似乎都与容貌相关。按宋王谠《唐语林》中的记载，薛调“美姿貌”，时人盛赞其“生菩萨”。《唐语林》中说“郭妃悦其貌”，她还很直白地向唐懿宗表达了自己对薛调容貌的赞赏，结果薛调“顷之暴卒”，当时只有四十三岁。薛调突然死亡的原因是“时以为中鸩”，大家都传言薛调是被天子以毒酒赐死的。如果传言属实，那么薛调应当只是一个无辜的牺牲品，罪过在于他被郭淑妃过度欣赏。郭淑妃在唐懿宗还是郓王时便伴侍左右，其时唐懿宗并不为唐宣宗所喜，故而时常心中忧惧，亏得郭淑妃恭谨服侍才平安熬到即位登基。郭淑妃的女儿同昌公主下嫁韦保衡，郭淑妃时常去韦保衡居处通宵达旦饮宴不止，外界遂传闻郭淑妃与韦保衡有淫乱之行。故而薛调会因被郭淑妃夸赞而殒命，这也是唐懿宗提防宫闱之内再传丑闻的有意之举。若按照“立德”最佳，其次“立功”，最差也该“立言”的说法，也多亏了这篇《无双传》，否则后人非但不会看到明陆采由此改编的传奇剧本《明珠记》，连薛调非正常死亡的真相怕是也要一直湮没在无尽的史海之中。

别意与之谁短长

——《虬髯客传》

只有跟你在一起，我才会有幸福的生活。你是我梦中的女孩。当然我也是你梦中的男孩。

——《初恋五十次》

历史上但凡大一统局面形成，多属由北向南推进。公元6世纪，相对于楼台烟雨歌舞升平的南朝，北方则一直涌动着此消彼长改弦更张的激流。拓跋珪所建北魏在传了十四帝之后，分为东魏、西魏。东魏历十七年，传一帝，亡于北齐；西魏历二十三年，传三帝，亡于北周。后北齐传六帝，历二十八年后也为北周所灭。北周则历二十五年，传五帝之后被相国杨坚代周自立。

杨坚出身名门，其父杨忠在西魏封随国公，北周时为柱国、大司空；其妻独孤皇后为北周八柱国之一独孤信的女儿；其长女杨丽华又嫁于北周宣帝为后。杨坚则在北周官拜骠骑大将军，后封大兴郡公，袭父爵柱国，属北周朝野举足轻重的人物。

北周宣政元年（578），周武帝宇文邕去世，宇文赟即位，改元大成，是为周宣帝。史载宇文赟在父亲灵前不但脸上没有丝毫悲戚，反而摸着身上被父亲殴打留下的伤痕，咬牙切齿地说："你死得太晚了！"宇文赟即位后更是"即逞奢欲"且滥施刑罚，朝中大臣噤若寒蝉。北周大象元年（579），北周宣帝宇文赟传位于七岁的长子宇文衍，自称天元皇帝。第二年，宇文赟便因旧疾恶化不治身亡。又过了一年，宇文赟几次欲诛灭其全族的杨坚废掉周静帝宇文衍自立，改国号为隋，年号开皇，从此开始了他二十四年的皇帝生涯。

隋开皇九年(589)，贺若弼、韩擒虎奉旨率大军南下灭陈，第二年，岭南诸州纷纷归降，至此结束了自西晋永嘉之乱以来长达二百八十年的分裂局面，天下重新归于一统。然而随着隋炀帝杨广登基，开凿大运河，营建东都城，东征高句丽等接二连三的重役战事，导致天下再次烽烟四起。《虬髯客传》的故事便发生在隋炀帝第一次巡幸江都前后。史载，隋炀帝自大业元年（605）即位之始至大业十四年（618）被宇文化及弑杀，其间不断在国中四处巡幸，真正留在京城的时间还不足一年。在隋炀帝第一次巡幸江都时，朝中大事尽由杨素执掌。

杨素当初竭力谋划，最终令隋文帝废去太子杨勇，使杨广顺利登基。如今大权在握，不免得意忘形，除生活奢华无度外，对待朝臣宾客亦是傲慢非常。这天，布衣书生李靖前来拜谒杨素，并献上治国良策。杨素还是一如既往地伸着腿随随便便坐在床上，这是一种对客人极其轻慢的做法，汉初刘邦羞辱九江王英布，以及盛唐安禄山接见唐玄宗所遣使者时都曾有这种举动。李靖见状，正色道："如今四海纷乱，群雄并起，您身为天子重臣、国家倚仗，应当以周公吐哺的姿态网罗天下英才，如果一直用这样不恭敬的态度对待客人，只怕祸起萧墙的日子不远了。"杨素平日见到的人对他都是唯唯诺诺、战战兢兢，哪里会听到这样的话？赶忙起身向李靖施礼致歉，随即两人畅谈天下大事，不亦乐乎。杨素身边侍立的，是一位手持红拂容貌艳丽的女子，在杨素与李靖相谈甚欢时，她一直目不转睛地望着李靖。待李靖告辞后，红拂女偷偷地去向门人问清李靖的住处。就在这夜五更天，红拂女头戴宽帽、身穿紫衣，用拄杖挑着盛装细软的包裹前来李靖暂居的旅舍寻访李靖，自报家门是杨素府上那红拂伎。李靖见她虽只有十八九岁，但姿色绰约世间罕有，心中不禁又惊又喜。

红拂女告诉李靖，自己在杨素府上侍奉多年，来来往往的宾客见过不少，但都是平庸之辈。直到今日李靖出现，令她在敬佩与爱慕之余心生相许之意，于是悄悄离开杨府，来旅舍投奔李靖。李靖对红拂女身后那权倾朝野的杨素的身影，仍不免有些忌惮。红拂女告诉李靖，杨素就像奄奄一息的老虎，空余一张皮在那里吓唬人罢了。杨府上不少侍女歌伎都已悄悄逃走，自己这次行踪隐秘，不会带来什么麻烦。李靖这才稍稍安心。果然，杨府上寻找红拂女的消息只喧嚷了几天，便悄无声息了。

李靖心知京城不宜久居，遂带着红拂女一同前往太原。这一日，两人宿于灵石某家旅店，李靖煮上一锅羊肉，便去外面刷马；红拂女则对着镜子梳理头发。忽然从外面大步进来一个中等身材、满腮卷须的男子，来到屋内只管把随身的皮囊一丢，就躺在红拂女对面不远处直愣愣地看着她梳头。李靖见来者如此轻佻无礼，顿时怒火升腾，正要进来与之理论。红拂女细看来者面貌，知道他定为豪强绝非宵小，便将一只手伸到背后，悄悄向李靖摇了摇，暗示他不要轻举妄动。随后，红拂女把头发草草梳就，整好衣服上前问来者的姓氏。那虬髯客称自己姓张。红拂女嫣然一笑，说自己也是姓张，如此虬髯客就应该是自己的兄长了。

虬髯客见红拂女轻描淡写间即化解了自己的无礼，心里也觉得惭愧，连忙起身还礼。红拂女问过虬髯在客族中排行第三后，回身召唤李靖进来拜见，并以三哥相称。虬髯客大喜，于是三人围坐一处，虬髯客取出随身佩刀，将锅里的羊肉切好，与李靖、红拂女一同就着买来的烧饼，边吃边开始叙谈相互过往。李靖告诉虬髯客自己与红拂女相识、出逃的前后。虬髯客听了豪兴大发，去酒肆买了酒，又从随身皮囊里倒出一个人头和一副心肝，称那是自己寻了十年的仇人，并用刀将那心肝一片片切着吃了。随即，虬髯客又问李靖一心去太原，不知是否心里已有可以投靠的人选。李靖答，他认识的人中有一个名唤李世民的，年方二十，绝对是真命天子的质料；至于所知道的其他豪杰，多说只能做李世民手下的将帅。虬髯客认真听了，略作沉吟，问李靖如何才能找到这个年轻人。李靖说自己认识一个叫刘文静的，与李世民相熟，可以由他引见。虬髯客遂与李靖定下在太原重会的日期，随后如同来时一般，快步出门跳上毛驴急速去了。

到了约期，李靖与虬髯客在太原汾阳桥相聚，随后一起去拜访刘文静。李靖假称虬髯客善于相面，想见李世民，看看他是否有建奇功立伟业的命数。刘文静于是安排下酒宴请李世民前来。不多时，一个神采奕奕的青年出现在众人面前，虽然衣饰上没有刻意装扮，但仪态风度绝对与惯常见到的人完全不同。虬髯客见到李世民，遂甘居末座，若有所思。酒过三巡，虬髯客来到李靖身边，小声告诉他说，这李世民果然是真命天子。

待酒席散去，刘文静知道了虬髯客的话，也很高兴。但虬髯客说自己只能看出十之八九，若想确定李世民是否真的能为天下之主，还需再请一个比自己本领强的道士来看才行。如此，众人又定下某日待刘文静与将要去请的道士对弈时，请李世民前来观棋，李靖与虬髯客作陪。大家依言而行。到了那一天，道士见到李世民后，脸色骤变，勉强走了几步棋后，起身对刘文静说这局棋他认输了，说罢起身告辞。等到出了大门，道士对虬髯客说："有这个年轻人出世，你就不必图谋在中原会有所作为了。不如就此离开，远远去寻一处天地。”虬髯客连连点头答应。旁边的李靖却不解其意，道士离去后，李靖问虬髯客道士话语中的意思，虬髯客则让李靖夫妇在某月某日去京城中某处宅中寻他，到时候再作计议。

李靖、红拂女依约来到京城，寻至一处僻静的小巷，推开木门，却见院中绝非外面显露的那么简朴，亭台楼阁，华丽异常，有数十个婢女在庭院中正等着迎候李靖夫妇。待众侍婢服侍李靖夫妇梳洗歇息后，身着紫衣气宇非凡的虬髯客方才出来见面。此时的虬髯客已不再是风尘仆仆的江湖壮汉，俨然就是一方之主的模样，旁边跟随着他的妻子，也是行止宛若天仙的艳丽人物。虬髯客夫妇与李靖、红拂女见过礼，随即引着他们前往一间摆好了珍馐美味、设下了歌伎乐舞的大厅，四人推杯换盏，自是畅快非常。

宴席临近尾声时，虬髯客告诉李靖，自己本来还想趁着群雄逐鹿，一试身手，看自己会不会有执掌四海的能为。如今见到李世民，知道他才是当之无愧的明主，方才打消了这个念头。想必李世民数年之后便会带来天下太平的盛世局面，李靖若能尽心追随辅佐，荣华富贵是不在话下的。自己则应当审时度势，退避至海外一展身手。故而这里的财物仆从，就在今夜尽数赠于李靖，也好早些帮助真命天子成就大业。说罢，虬髯客让仆从抬出二十张矮桌，锦缎覆盖下尽是奇珍异宝和账本、钥匙等物。李靖还待推辞，虬髯客已经召唤家中所有仆从上前拜见新主人，并嘱咐李靖，若十余年后东南方千里之外有不寻常的事情传来，那就是自己志得意满的时候，到时还希望李靖夫妇能遥相恭贺呢。交代完毕，虬髯客与妻子起身离席，去后屋换了一身戎装，随即只带了一个仆从，再次与李靖拜别后跨上马出门，转瞬间便不见踪影。

李靖依照嘱托，用虬髯客留下的家资尽心辅助李世民，终成大唐立国的股肱之臣。唐太宗贞观年间，李靖的官职已是相当于宰相的左仆射。这时，南边传来消息，说有千艘海船载着数十万兵士攻占了扶苏国，杀掉了原来的国王自立。退朝后，李靖回到家中告诉红拂女，这一定就是从前虬髯客所言那不寻常的事情了，于是夫妇二人一同面向东南洒酒拜贺。

故事到这里，就基本结束了。虽然结尾还有借李靖之口的一段感慨，“真人之兴非英雄所冀。况非英雄者乎！人臣之谬思乱者，乃螳臂之拒走轮耳。我皇家垂福万叶，岂虚然哉”，喟叹英雄的出世绝非偶然，天意的安排非人力所能阻挡。事实虽然不错，但此处加入仍稍觉有添足之嫌。

当然，这个故事若据史典推论，仍有不少出入之处。如李靖拜见杨素当在隋炀帝杨广第一次巡游江都之时，红拂夜奔与两人在路上遇到虬髯客也应当差不多在大业元年，杨素则在大业二年（606）病逝。李靖告诉虬髯客自己即将投奔的那少年英杰李世民年方二十，李世民生于隋文帝开皇十八年（598），按虚岁计数，他二十岁时当为隋炀帝大业十三年（617）左右，这个时间与李渊任太原留守、刘文静有心与李渊结交的时间相符，但与故事中李靖、虬髯客等与李世民相见的时间相差较远。而且，李靖出仕时为长安功曹，年龄还不到二十岁。后兼任三县的县令，政绩出众，深得吏部尚书牛弘和左仆射杨素的赏识。杨素取代高颎做尚书左仆射是隋文帝仁寿元年（601）的事，因此隋炀帝大业元年，李靖以布衣的身份拜谒杨素，自然是子虚乌有。故而仍应该把《虬髯客传》看作是一篇搭建在真实历史背景下的虚构小说。

关于故事中涉及的人物，一代英主李世民自不必说，故事的主人公李靖在大唐帝国建立之初也属于举足轻重的人物。李靖出身官宦之家，其祖父历仕北魏、北周，父亲曾为隋赵郡太守；他的舅舅则是隋朝名将韩擒虎。韩擒虎每每与李靖谈论兵法，都对李靖的言谈赞不绝口。李靖的才干在隋炀帝时闻名于公卿。《旧唐书》中记杨素曾拍着自己座位对李靖说：“你早晚也会坐在这个位子上的。”（《资治通鉴》中则记杨素因封德彝时常能迎合他的心意行事，也拍着座位对封德彝说了类似的话。）大业年间，李靖以马邑郡丞身份在李渊帐下效力，他察觉出李渊有拥兵自立的迹象，便乔装成囚徒前往江都，准备向隋炀帝报讯，不想因兵乱被阻于长安。李渊起兵攻占长安后，李靖被俘。在处斩前，李世民为他求情免去死罪，并召他入府为幕僚。自此，李靖便在李渊、李世民两朝大显身手：平灭了占据北到汉水、南到交趾的萧铣，阴山之战大破突厥，以“西海道行军大总管”一职统帅大唐与西域诸国的联军征讨吐谷浑等，同时还留下《唐太宗李卫公问对》《李卫公兵法》等兵法著作。唐太宗夸赞他与李勣的才能，远远超过从前的白起、韩信、卫青和霍去病等人。李靖卒于贞观二十三年（649），谥号景武，陪葬昭陵。在唐太宗诏命绘制的凌烟阁二十四功臣像中，李靖位居第八。唐玄宗所设祭祀历代名将的武庙中，李靖亦名列其中；宋徽宗宣和年间，武庙中祭祀的七十二名将中仍有李靖的身影。

略去红拂女、虬髯客这样不列于史册的人物，故事中出现的杨素并没有红拂女所言的如“尸居余气”那么不堪。杨素的祖父曾为西魏的辅国将军、谏议大夫，父亲为北周汾州刺史。杨素在北周时任车骑将军，且文采极佳。在平定北齐时战功赫赫，并与时为北周丞相的杨坚私交甚笃。杨坚受禅为隋文帝后，杨素在灭陈之战中立下大功，后亦曾率兵大败突厥，战绩斐然。然传闻杨素帮助杨广陷害杨勇，夺得太子之位，又参与了弑杀隋文帝的举动，令其身后颇有贬低之辞。而其巧言令色与暴戾无常更是为人所不齿，因此在故事中他以一个近乎反面的形象出现，也是情理之中。

故事的叙述手法在语言上多以短句成文，令情节明朗清爽。如李靖至杨素府上拜谒，红拂女初次登场时，只“一伎有殊色，执红拂，立于前，独目公”寥寥数字便将红拂女的身份、姿色、特征及动态心理表现得淋漓尽致。又如李靖、红拂女在灵石旅舍初遇虬髯客时，先是以静态的手法表现两人轻松愉悦的状态：“行次灵石旅舍，既设床，炉中烹肉且熟，张氏以发长委地，立梳床前。公方刷马。”一个梳头，一个刷马，俨然就是劳顿旅途中安闲惬意的一刻。可转瞬间虬髯客的突然出现打破了这种宁静：“忽有一人，中形，赤髯如虬，乘蹇驴而来。投革囊于炉前，取枕欹卧，看张梳头。”一连串动作在作者的笔下亦是一气呵成。这个人是谁？为什么如此无礼？下一步他要做什么？我们应当如何应对？接连几个问号不但摆在李靖和红拂女面前，同样也会令读者产生这样的疑问。李靖的反应是“怒甚”，但心中仍旧有些犹豫，故而“未决，犹亲刷马”。红拂女则“熟视其面”，随即心里便有了应对，于是一边“一手映身摇示公，令勿怒”，一边“急急梳头毕，敛衽前问其姓”，以四两拨千斤的姿态将一场可能的冲突化解于无形。

同时，故事在叙述时大多以对话表现场景，其紧凑的节奏自然而然营造出一种身临其境的紧迫感，如李靖、红拂女与虬髯客初见，红拂女问虬髯客的姓氏。“卧客答曰：‘姓张。’对曰：‘妾亦姓张。合是妹。’遽拜之。问第几。曰：‘第三。’因问：‘妹第几？’曰：‘最长。’遂喜曰：‘今夕幸逢一妹。’张氏遥呼：‘李郎且来见三兄！’公骤拜之。遂环坐。曰：‘煮者何肉？’曰：‘羊肉，计已熟矣。’客曰：‘饥。’”此种手法在后面虬髯客以仇家的心肝下酒，向李靖询问计划去太原投奔谁等几个场景中更是运用得炉火纯青。

对于人物形象的塑造，作者在细节描写的衬托上着实可圈可点。红拂女夜至旅舍投奔李靖，李靖表现出的担忧：“杨司空权重京师，如何？”在红拂女告知自己出来得隐秘，不会招来任何麻烦后，李靖仍是“愈喜愈惧，瞬息万虑不安，而窥户者足无停履”。高兴与害怕并存，时不时就要起身看看屋外是否有人跟踪过来。尤其是在灵石旅舍中，虬髯客放肆地盯着红拂女梳头，李靖虽然“怒甚”但仍是“未决，犹亲刷马”，无形中将李靖变成了一个懦弱胆小的书生形象。而占据了故事标题的虬髯客，则豪迈有余气度不足，只能称草莽英雄。如描写其在李靖、红拂女面前“以匕首切心肝，共食之”，嘴里还要说：“此人乃天下负心者也，衔之十年，今始获之。吾憾释矣。”看似颇具江湖气概，内里则映射出只会靠勇力行事，难以凭宽容隐忍成就大业的行为特质。同时当他第一次见到“神采扬扬，貌与常异”的李世民，即“默居坐末，见之心死”，甘居人下的心态跃然纸上。

相对来说，最具侠气的反而是红拂女，她见到李靖与杨素问答，便决意要以“丝萝非独生，愿托乔木”的心思跟从李靖。对于李靖担心她出逃可能祸及他人的顾虑，红拂女先评述杨素此时已然是“彼尸居余气，不足畏也”。因此杨府中“诸妓知其无成，去者甚众矣。彼亦不甚逐也”，不但杨素那边没心思探根究底地找寻，自己出走前亦“计之详矣”，因此李靖“幸元疑焉”。这些细节已经勾勒出红拂女智勇双全的初步形象。而红拂女有把握自己投奔李靖后，李靖对自己不会像李益对霍小玉般薄情，或是如赵象于步飞烟般的怯懦。在灵石旅舍中，面对虬髯客的无礼，红拂女“熟视其面”后暗示李靖不要轻动，自己举重若轻地令危机烟消云散。这些细节更是将其智、勇表现得淋漓尽致。

也许正因如此，后世据这篇故事改编的作品多以红拂命名，如明张凤翼传奇《红拂记》、冯梦龙传奇《女丈夫》、凌濛初以《北红拂》为首的杂剧《红拂三传》、清曹寅杂剧《北红拂记》等。金庸对《虬髯客传》一文的评价是“虎虎有生气”，并分析其内容，基本涉及和涵盖了后世武侠小说的所有套路，如：有历史的背景，又不完全依照历史；豪杰与美人的坎坷爱情；深夜化装逃亡；朝中权臣的追杀；借宿于乡野客栈时的种种奇遇；寻仇多年的草莽侠客，神出鬼没的方外之人；更少不了坊曲小宅的密议，千金散尽的豪情，金戈铁马的战事，兵书秘籍的传授……这些情节主题在金庸的作品中更是随处可见，也难怪金庸将《虬髯客传》誉为“武侠小说的鼻祖”。

《虬髯客传》的作者是处州缙云人杜光庭，他出生的唐宣宗大中四年（850），大唐帝国基本可算日薄西山。杜光庭青年时代即已入蜀，受到王建父子的礼遇，后入青城山潜心修道，并留下诸多对道家经典研析的著作。也许虬髯客故事就是表现了杜光庭的一个映象：在世外开辟一个遵循于自己内心的新天地。

二

落叶聚还散，寒鸦栖复惊

——神鬼故事

昆仑奴（据清任熊《三十三剑客图》）

至今也没有一个令人信服的理论来证明神鬼的虚妄，所谓“眼见为实”，反而令人类自己有意将自己局限在一个极其狭隘的区域里。毕竟，很多事物的存在与否并不以人的承认或不承认而发生改变。

在许多难以解释的文明或现象被发现，越来越多更接近科学的东西不得不被摆出来当成理论去研究的时候，与其仍旧固执地紧闭双眼，守护自己被强加灌输的种种理论，不如去读一读唐人的笔记小说，看看他们对于未知的事情是如何保持了饱满的兴致和相当的尊重的。

锦衾瑶席为谁芳

——《离魂记》

生命可以归结为一种简单的选择：要么忙于活着，要么赶着去死。

——《肖申克的救赎》

生与死外表看似两条永不相交的平行线，内里实为两道圆弧组成的一个圆，或者说更像是太极阴阳的模样，互相转化往复不息。在实在活不下去了的情况下，让灵魂出去走一走，或许真能达到置之“死”地而后生的奇效。《离魂记》里的张倩娘就是这样做的。

故事的大背景设定在武后临朝期间，小背景则是清河郡张镒在衡州做官时，久了，衡州就成为他的第二故乡。张镒不喜热闹，因此家里没有什么闲杂人等进出；他没有儿子，同住的晚辈男性亲属就只有外甥王宙；而张镒的两个女儿，大的早早亡故，只剩下小的名为倩娘。在这样的铺垫下，似乎想不发生一段荡气回肠、刻骨铭心的爱情故事都不行。于是“端妍绝伦”的倩娘与“聪悟，美容范”的王宙活脱脱成了宝哥哥和林妹妹。尤其此时的张镒动辄兴头上来，就不忘对大外甥说一句：“以后我一定把倩娘嫁给你当媳妇。”基于此，王宙和倩娘结为夫妻似乎已经是顺理成章的事，于是这对少男少女一边在懵懂的爱慕中互相思念，一边盼着家长口中的“以后”赶紧到来。

“以后”终于来了，但张镒却忘了“以前”说过的话，他把倩娘许给了幕僚中一个被选中将要授官的小伙儿。倩娘很伤心，所以沉默；王宙很生气，所以也沉默。沉默啊沉默，不在沉默中爆发，就在沉默中溜走。王宙的选择是溜走，他找了个借口说要去京城闯荡。在走完盛情挽留和挽留不住这两个必需的过场之后，已经临近黄昏，王宙上了船，走出数里便停靠在岸边开始对着月亮发呆。倩娘的选择是爆发，她强悍的爆发力令她以鹰的眼睛、狼的耳朵、熊的力量和豹的速度在夜半时分赶到了王宙的船边。王宙的情绪也顿时从冰点直蹿到沸点，虽然眼前的女神披着头发光着脚丫，但无论如何，女神出现了。此时此刻，四目相对四手相握的一对爱侣，什么样的表白都属多余，但倩娘还是言简意赅地唠叨了几句：“君厚意如此，寝食相感。今将夺我此志，又知君深情不易，思将杀身奉报，是以亡命来奔。”浓缩成三个字，就是“我来了”。王宙对于抛家舍业来寻他的倩娘，也立即以实际行动回应这份信任与厚爱：“匿倩娘于船，连夜遁去”。若说“连夜”表示了时间与心境，“遁去”则完美体现了速度与激情。

佳人在畔，王宙也不再提去京城见世面的事。两人花了几个月时间来到蜀地。像所有童话故事一样，男女主人公的收入花费从来都是被忽略的情节，因此我们也不用考究两个人在蜀地的生活来源问题，只要知道他们过得很快乐很满足就可以。而且现在他们膝下已经有了两个可爱的娃娃。基于传宗接代的宗族观念，这两个娃娃在故事里都被设定成了男性。

眨眼间，五年过去，王宙倒没有什么思乡之情，因为故事里并不曾交代他的家世，也许就像金庸“射雕三部曲”中的各位男主角：郭靖、杨过、张无忌，无一不是家人早亡，无牵无挂的主儿。倩娘则不同，她有爸爸妈妈，所以她会想爸爸妈妈，当这种想变成浓浓的思念积压在心底时，她的小宇宙就可能再一次爆发。

“吾曩日不能相负，弃大义而来奔君。向今五年，恩慈间阻。覆载之下，胡颜独存也？”意思很简单，语气很严厉：当年我不愿辜负你的深情，于是背弃伦常跟你离开，如今已有五年，与父母断绝往来也有五年。当年做出令他们肝肠寸断的事情，现在仍旧不能在他们身边尽孝弥补，真是白白活在天地间了。一席话说得王宙脸上红一阵白一阵，尤其“弃大义而来奔君”中的“奔”字，更是揭了王宙的短。《礼记》有“聘则为妻，奔则为妾”之说，《孟子》中说得更明了：“不待父母之命，媒妁之言，钻穴隙相窥，踰墙相从，则父母国人皆贱之。”首先，倩娘在王宙那里已甘愿接受只能做妾的身份，按照礼法要求，她在父母乡亲那里则是被轻贱的对象，而且父母也由此颜面失尽。在这两个大前提下，倩娘还不能为父母尽孝，着实是大逆不道。话已经说到这个份儿上，王宙的反应自然是“将归，无苦”——别难受，马上动身，全家都回去。

一路风霜满心期盼不必多表，到了衡州，王宙把船停靠岸边，让倩娘带着孩子在舱中等候，自己则先去舅舅家谢罪。在王宙陈述当初倩娘如何夜半去寻他，自己如何带着倩娘前往蜀地，如今如何已有了两个儿子，故而回来探望张镒夫妇等等一系列经历时，张镒只是像看外星生物一样看着王宙，一言不发。既没有想象中占八成的可能：怒火冲天，也没有想象中占两成的可能：热情洋溢。待王宙全部讲完，同样像看外星生物一样看了张镒半晌之后，张镒才张口说道：“你回来看我们，我们已经很欣慰了，你不必再编这些故事来逗我们开心。”这回变成了王宙觉得一头雾水。张镒叹了口气，说道：“自从你走后，倩娘便病倒了，找了多少名医来也看不出是哪里的毛病。每日里只是勉强吃喝几口，算是能留下一口气，如今已经有五年了。”王宙听了自是吃惊不小，心中亦是暗自惶恐：若张镒所言是真，那么与自己朝夕相处、耳鬓厮磨的又是谁呢？但此刻又不能贸然说要进入内室看个究竟，只能请张镒去船上看看那活生生的倩娘。

张镒也觉得事有蹊跷，命家中老仆随着王宙去岸边探看。老仆俯身望向船舱，端坐在舱中的，不是倩娘是谁？倩娘一见家中故人，兴高采烈地边起身边问张镒夫妇可好。随即跟着老仆回到张镒家中。张镒夫妇见门外进来的正是自己女儿，登时目瞪口呆。而五年中病卧在床的那个倩娘，竟然也满面笑容地从内室出来，两个倩娘相遇的刹那便倏然合为一体，这令所有在场的人，包括王宙和他的两个儿子，皆是瞠目结舌。

好在之后的倩娘再也没有什么异样，张镒夫妇见女儿恢复了常态，家里还添了两个聪明伶俐的外孙，自然也就不究前情。只是张镒觉得此事离奇古怪，若是传出去还会有辱门风，便吩咐家中众人不得透漏半句。直到四十年后，王宙、倩娘夫妇也过世了，这件事才慢慢传开。

《离魂记》又是唐传奇中女子成为爱情主导的代表故事之一，至于作者陈玄佑记录这桩奇事的根据，则是在唐代宗大历年间听莱芜县令张仲规所言。因为张仲规是张镒的堂侄，故而所知晓的版本是最权威、最详细的。关于作者陈玄佑，在史书中的痕迹几乎是零，后人也仅能根据这篇《离魂记》来推断他大体在世的时间。由此亦不难看出，身前居于显赫亦不如身后留下一篇好文。

除了这篇《离魂记》，还有《搜神后记》中《马势妇》，《幽明录》中《庞阿》，《灵怪录》中《郑生》，《广异记》中《郑齐婴》，《玄怪录》中《齐饶州》，《宣室志》中《郑氏女》，《集异记》中《裴珙》等多篇讲述魂魄离体的短文。但这些故事无论情节设置还是对于后世影响，都不及《离魂记》。元郑光祖杂剧《迷青琐倩女离魂》、赵公辅《栖凤堂倩女离魂》、南戏《倩女离魂》、明杂剧《倩女离魂》、明《剪灯新话》《初刻拍案惊奇》等小说中也尽是《离魂记》故事的影子。明汤显祖《牡丹亭》更是将梦境与还魂等奇幻因素糅合一处，把男女单梦进化成混合双梦，成为离魂类爱情作品之集大成者。而明代刘玉《已疟编》中所录的一则故事则将离魂提到了与当今生命科学研究领域对灵魂认识同一的高度。故事讲述大明建国初年，一名执事太监因被诬偷窃即将处斩，在临刑前一刻又因失物复得而被赦免。后来，这名太监与人说起自己被押到刑场时，心中惊恐万分，忽然间他觉得自己的身体轻飘飘飞了起来，而后居然落到刑场附近一户人家的房顶上坐下。他低头望去，刑台上跪的那双手被反绑的人竟是自己。正惊异间，赦令送到，他才又从房顶飘下，与跪在那里的人重新合一。文章结尾，作者以平和的语气做了大胆的猜想："大抵死者魂丧先逝如此。又异教谓人魂非一，可以分为死生，去来者亦可参审之也。"这个推论现今已得到了科学界诸多灵魂离体实例记录的验证。到了蒲松龄《聊斋志异》时期，离魂重新回归俗套，示爱务必要离魂的手段广为普及，《连城》中的连城、《阿宝》中的孙子楚都属于将这门绝技应用得炉火纯青的高手。

据说印第安人有一个习惯，疾行几天后，要停下来好好歇上一阵。因为躯体走得太快，需要等一等灵魂。在这里，躯体可得走得快一点儿，因为一迟疑的工夫，灵魂可能早就跑到目力所及之外去了。

故人久立烟苍茫

——《韦氏女》

发生了就发生了，为什么一定要有意义？

——《少年派的奇幻漂流》

这话没错，因为大多数时候，你都不会知道发生在自己身边或身上的事到底意味着什么，当你明白的那一天，你也就不再是现在的你。而另一种可能，是随时知道自己身上将要发生什么，就像假如命运是一张黑胶唱片，上面早已刻好了看似一样的纹路，但只有极少的人会是“唱片机”，能识别出其中的含意。京兆的韦氏女便是其中之一。

韦姓据说源于颛顼高阳氏，后亦有汉初韩信的后裔为了避祸，而取韩字半边改姓为韦。故韦姓宗支颇多，且唐时势力正盛。按《新唐书》所载的九个分支，“京兆韦氏”即是其中之一。在人丁难以计数的大家族中，韦氏女能脱颖而出，完全是因为她预知了自己的未来。

韦氏女第一次让家人知道自己的与众不同，是在她十七岁时。既然已经过了十五岁及笄之年，现在就可以由家里操持着谈婚论嫁了。第一个上门说媒的是户姓裴的人家，候选人秀才裴爽才华过人，韦妈妈觉得不错，但韦氏女却说这裴公子并非她要嫁的对象。果然，六礼初始，便宣告俩人没戏。韦妈妈只当女儿随口言中，没有多在意。一年之后，又有人上门提亲，这次由亲戚介绍的小伙子名叫王悟，各方面条件也都拿得出手。韦氏女笑着告诉母亲这个也不是。果真，仍是一次不了了之。

又过了两年，有个叫张楚金的进士求聘韦氏女，韦氏女终于点点头，说这回的没错。韦妈妈将信将疑，然两人年庚八字果然相合，于是终成鸾凤。这回是当妈的坐不住了，若一次是偶然，两次是巧合，三次尽数言中便很蹊跷，韦妈妈追问女儿其中缘由。韦氏女告诉母亲，自己在及笄之年做过一个梦，不但梦到了自己二十岁时的婚嫁，连再往后所要经历的事情也都梦得详详细细：

夫婿张楚金数年后被授以尚书之职前往广陵赴任，在任上七年之后因罪被杀，并祸及家门。只有自己和儿媳免遭屠戮，而婆媳二人又被充入宫中掖庭干杂役，每天起早贪黑辛劳不止，如此过了十八年，方因天下大赦恢复自由之身。接到诏令时是某日中午，她与儿媳相拥而泣喜不自胜，待收拾好行李后又突然没有了讯息。她们与一干同被赦免的奴婢心中忐忑，深怕突生什么变故，又要被囚禁在高墙内了却残生。终于，在黄昏时分宫门大开，众人急急忙忙离开宫廷，正式结束了为奴的日子。而韦氏女与儿媳二人举目无亲，只能毫无目的地在苍茫的夜幕下踯躅。

此时天色已晚，婆媳俩听到前方有哗哗的水声，原来竟已身在一条小河边。水流湍急，四周昏然一片，两人强打起精神手挽手咬着牙蹚到河对岸，又互相搀扶着走出数百步，来到一座黑压压的残破宅院前。两人心中暗喜，觉得总算找到一处落脚的地方，总好过在荒郊野岭担惊受怕，婆媳俩从西门进去，沿着墙摸索着向北走，见东边一间屋子大门洞开。两人也顾不得许多礼数，径直入内，里面又是一座大门。韦氏女觉得此处颇有似曾相识之感，脚步不由自主地绕过门后的屏风，经过几许回廊，来到一处整洁的庭院。四周静谧一片，院中几株樱桃树花发正茂，暗香在月色下浮动，时而钻入两人鼻息。刹那间，此情此景竟令婆媳二人暂时忘却了多年的劳役之苦。

韦氏女与儿媳将随身包裹打开，在堂前阶下找了块地方相对而卧。正蒙眬间，忽然一阵急促的脚步声传来，随后一位老者出现在庭院中，大声呵斥说，此处为私人宅邸，怎么可以随意乱闯。婆媳俩连声哀求，乞请老者容许她们在此住上一晚，明晨天一亮便会速速离开。老者见她们并非匪类，且状甚可怜，态度也缓和了许多，说自己乃是护院管家，即使自己同意留宿，若是被少主人发现，还是会赶她们走。说话间，那少主人也疾步赶来，婆媳俩慌忙上前行礼，声泪俱下讲述自家所遭的祸事及两人多年来所受的委屈。少主人听后沉吟不语，随即快步离开。在婆媳俩与看院管家正不知所措时，少主人已换上白衣素履，重新出现在韦氏女面前并行跪拜大礼，同时号啕大哭着说自己乃是张楚金的侄子，在张楚金遭难后曾竭力打听其家人下落，但一直没有音讯，不想今日婶婶和嫂嫂竟然忽地出现在自己面前。韦氏女听了，亦是百感交集，落泪不止。良久，少主人搀扶着韦氏女两人进入内堂，并告知韦氏女，这所宅子就是她与张楚金去广陵之前的居处，那堂前的樱桃树还是她亲手栽下的呢。

天亮后，少主人引着韦氏女去各屋巡看，诸多旧物陈设还与当年离开时一样。韦氏女想起自己沧桑的大半生，不禁感慨万分，痛哭不止。哭着哭着，韦氏女一睁眼，竟然发现周围还是黑漆漆一片，再左右看看，才知道刚才所经历的一切，竟然都是在梦境之中。然而那种身临其境的感觉，一直以来都极其清晰地映在脑海中。而十七岁开始接连两次的提亲，让韦氏女认定自己那个梦境只是现实的一次预演，虽然想起今后的遭际还是未免忐忑，但既然一生早已注定，也只有随遇而安。

韦妈妈听了女儿的这一段叙述，不由心生惶恐，但嘴上还是劝解道："虽然富贵由天，荣枯有日，但这只是一个梦罢了，不必全然放在心上。"果然，韦氏女嫁与张楚金数年之后，张楚金受诏镇守广陵，后因徐敬业在扬州起兵一事牵累全家被杀，只余下韦氏女与儿媳被充入掖庭，十八年后婆媳二人才因逢武后诞辰得到大赦。接到诏命时果然是那天中午，因为宫中太监留她们吃了顿饭，等到临行时已是夕阳西下。其后婆媳二人在夜幕下渡河及无意中来到故宅，见到张楚金的侄子等际遇，都与韦氏女十五岁时的那个梦境一模一样。

这则故事见于牛僧孺的《玄怪录》，原文中结尾处讲述韦氏女与梦境相符的真实经历时，说张楚金受徐敬业起事一节被连坐的时间为"神龙中"，当为"光宅"或"垂拱中"之误，如此方能对应其后的十八年杂役之期。

张楚金在历史上确有其人，唐刘肃《大唐新语》中记其少年时便以文才和孝道远近闻名，他曾与哥哥张越石同时在州县考试中及第，成为乡贡进士。当时州官欲在张氏兄弟间选送一名至尚书省应试，本想举荐张楚金。张楚金闻讯后坚辞不受，说兄长的成绩与才华都胜过自己，若不能选送兄长，那么自己也甘愿落选。并州都督李勣感慨不已，于是将兄弟二人均举荐了上去。

张楚金曾任刑部侍郎、吏部侍郎、秋官尚书等职，后被酷吏周兴借徐敬业反叛一案，假徐敬业之弟徐敬真的供状牵连进去，几获死刑。在刑场上，张楚金仰天长叹道："皇天后土在上，难道你们就眼睁睁地看着当今奸佞横行、忠良遇害吗？"原本晴空万里的天气突然随着张楚金的感叹乌云密布、风沙四起。武后闻报，立即降敕免去张楚金死刑。之后天色才又重新豁然开朗，时人都说这是张楚金的刚正感动了天神。但张楚金仍是被流放岭南，从此再不曾踏上中原的土地。

南宋郑克《折狱龟鉴》及明冯梦龙《智囊》均收录了一则张楚金断案的故事。湖州佐史江琛欲罗织罪状构陷刺史裴光，便收集裴光写过的文书，将上面的字切割下来拼凑成一封给徐敬业的谋反书信，武后命人前去审断，都难辨书信真伪。案件交到张楚金手上，他对此也一筹莫展。某天午后，张楚金偶然拿起那封信对着日光一照，发现纸上尽是拼接的痕迹。于是张楚金召集州县众位官吏，命江琛自己将信投入一盆清水。须臾间，信上的字各自飘散开来。江琛顿时吓得魂不附体，连连磕头认罪，最终被武后下令处以极刑。

由是，故事中的张楚金与史籍中的张楚金虽遭际相似，但应当并非一人。然故事的主旨在于预知未来与安之若素，只要达到趣味与教化的双效即可，至于其是否植根于真实的历史人物，倒显得不是那么重要了。

梦的预示见于史籍记述屡见不鲜：《左传》中桑田巫通过晋景公的噩梦占算出他不久于世；《西京杂记》中司马相如梦中得到黄衣人指点而作《大人赋》；《幽明录》中曹操梦见三匹马在同一马槽里吃草，后果然司马家篡了曹魏；《隋唐嘉话》中隋文帝梦见洪水淹城，因而移都大兴，实则洪水应的是唐高祖之名。但像韦氏女这样清清楚楚地看到自己一生的事例却极其罕见，她的梦又不同于《樱桃青衣》《南柯太守传》《枕中记》那样起警世作用的虚梦，而是即使预见了，也要按部就班地走上一遍方可的实梦。故而从某种角度来说，韦氏女心中遭受的苦难远比卢子、淳于棼、卢生要大得多。

《论语》中说“不知命，无以为君子也”。韦家妹子，你怎么看？

短歌微吟不能长

——《元无有》

我要向你走去，你向我走来已经很久了。虽然我们相会之前谁也不知道对方的存在。

——《廊桥遗梦》

没办法，在大唐帝国繁花似锦的盛世光环下，已经没有什么能阻止大家扎堆儿成精的脚步了。从开满蝴蝶花的草丛中，从千百条乡间道路的尘埃里，常有关不住的精灵鬼怪飞出来。本故事就是其中之一。

当然，这里没有麦迪逊县的廊桥，也没有端着清凉饮料的弗朗西斯卡，只有一群你能想到的各种生活用品。开场热身的这则故事的的确确只能被称为故事，连它的名字都叫《元无有》——原本什么都没有。

元无有是个人名，可能读起来有点冉·阿让的语感，但他生活的地点并不是巴黎，生活的年代也很早很早，早到为唐代宗宝应年间。这是某个二月底的傍晚，元无有独自走在扬州郊野。此时安史之乱尚未平定，不少人背井离乡躲避战乱，因此元无有在遭遇突如其来的风雨时，不必费力寻找和客套就能进入路边的一座空宅子里躲避。

待到风止雨息，一轮明月悬挂天宇，已临近二更时分。元无有决意就在北边的小屋中歇息一晚。正要合眼，忽然听见西边传来几个人的脚步声，元无有料定来者不会是这家主人，也不现身相见，只是透过窗缝悄悄看去。见有四个衣着怪异、长相奇特的人来到庭院中。其中一个说道：“今夜月朗星稀，凉风习习，又是一个吟诗作对的好天气。不如我们以各自生平的行为联句吧？”其余三个人听了纷纷叫好，于是，四人中个子最高那个先张口道：“齐纨鲁缟如霜雪，寥亮高声为子发。”吟罢，周围三个人连声喝彩，随后一个五短身材、相貌丑陋的黑衣人和道：“家贫长夜清会时，辉煌灯烛我能持。”话音刚落，庭院中又响起了旁边几人的赞叹之语。接下来，轮到身着破旧的黄衣人发声：“清冷之泉俟朝汲，桑绠相牵常出入。”最后，轮到一个同样身着黑衣、同样五短身材形容粗鄙的人收尾：“爨薪贮水常煎熬，充他口腹我为劳。”元无有在房中听了，觉得这几人所作诗句实在没什么文采可言，充其量是规矩押韵罢了，心里不禁暗暗发笑。而庭院中的四人却互相赞美吹捧得无边无际，似乎他们的诗作已到了前无古人后无来者的境界，天下顶级诗才非他们几个莫属一般。

元无有在房中听着他们不着边际的话，越发觉得可笑至极，也就没了倦意。直到天色微明，四个人方又往西边堂中去了。元无有这才迷迷糊糊地睡了过去。待日上三竿，元无有起身想去拜会昨晚那几位“诗仙”，来到西边堂中一看，发现空荡荡的屋子里一个人都没有，地上只胡乱丢着几件屋主没有带走的破烂，计有捣衣杵、旧烛台、烂水桶和平底锅各一。元无有想起昨晚四人的样貌和他们作的诗，显然就是他们各自的形象。想到此处，虽然遇到的都是些精怪，但元无有并没有什么惊惧的感觉，只是莞尔一笑罢了。

别以为只有锅碗瓢盆才会作诗，唐睿宗文明元年（684），在毗陵当小吏的滕庭俊会告诉你不是那么回事儿。滕庭俊多年前不知怎么就患上了一种怪病，每次发作时，浑身就像被烈火炙烤一样痛苦万分，并且要持续几天才能稍稍安定。数年中不知道看过多少医生，但是谁都说不出个所以然。这一年，他启程去洛阳听候差遣，行至荥阳西边十四五里的地方，眼见剩下的路程不是一天能赶到的，滕庭俊因而敲开路边一处农舍的大门，希望借宿一晚。偏巧这家主人外出未归，于是仆从安排滕庭俊先在庭院中小坐等候，自己仍到后面忙碌去了。

眼见天色慢慢暗下来，滕庭俊觉得有些无聊，便随口吟了两句诗"为客多苦辛，日暮无主人"。话音刚落，一个身穿旧衣裳的老翁颤颤巍巍从西边屋子出来，走到滕庭俊面前见过礼，说道："我是这家的门客，一向喜欢联句作文，刚才正与一同道中人和且耶谈论诗赋，不知客人前来，故而不曾出迎，还望多多见谅。然听到客人念的两句诗，真乃佳句，因此想请客人过去共酌几杯，不知意下如何？"滕庭俊见老者虽然两鬓斑秃，但精神矍铄，自己此时也没有其他事情可做，于是随着老翁绕过西边堂屋的屋角，来到一间开着门的小室。滕庭俊见室内陈设华丽，桌上已摆下丰盛的酒宴，心中十分欢喜。老翁自我介绍说自己姓麻名束禾，排行老大，请滕庭俊直接唤他麻大即可。

说话间，门外进来一个黑黑壮壮的中年男子，麻大介绍说这便是和且耶了。滕庭俊起身与他见礼，三人入座后，那和且耶一边给两人斟酒，一边问麻大："刚才我正和你联句，你说要出去接个客人，如今客人已经来了，你的诗句是否也一起来了呢？"麻大笑道："咱们这《同在浑平原门联句一首》，我只想出来四句：自与慎终邻，馨香遂满身。无关好清静，又用去灰尘。"和且耶听后，沉思半晌，道："你这首我可联不上了，我只想出四句七言诗，且韵脚也与你的不同。”麻大和滕庭俊连说：“不必拘礼，但说无妨。”于是和且耶吟道：“冬日每去依烟火，春至还归养子孙。曾向苻王笔端坐，迩来求食浑家门。”

滕庭俊见这里装饰华美，酒食又可口，也激发了诗兴，吟出四句道：“田文称好客，凡养几多人。如欠冯驩在，今希厕下宾。”不想麻大与和且耶听后大笑道：“客人何必笑话我们？若是留你住在这里，怕是你一天都待不下去呢。”滕庭俊不知自己哪句话说错了，但又不好多问，只能嘿嘿嘿干笑几声掩饰尴尬。好在麻大两人也没再多说，只是邀滕庭俊饮酒，三个人推杯换盏，好不快活。

这家的主人不知什么时候回来了，听说家中有客，却遍寻不见，就吩咐仆从四处叫喊着寻找。滕庭俊一边答应着一边从座位站起，来到门边。然而当他再次回身，发现麻大、和且耶，连着桌椅美食全部倏然不见了踪影，鼻间涌进来的是阵阵恶臭，仔细一看，自己竟然身在这家的厕所中。靠墙的地方放着一把已经秃了头的扫帚，一只黑黑的大苍蝇则嗡嗡围着扫帚飞个不停。滕庭俊顿时明白刚才兴高采烈与自己作诗的一定就是它们俩，可是吃的那些食物，又是什么呢？滕庭俊不敢再往下想，因为他觉得自己的肚子里已经宛若翻江倒海一般……

是不是觉得很恶心？好在这个故事里的生物们至多属于没有恶意的文艺中老年，不会带来更多危害。相反，可能还有些好处，因为故事的结尾是“庭俊先有热疾，自此已后顿愈，不复更发矣”。

当然，在可能的情况下，最好不要乱吃东西。来君绰在这方面可是吃过大亏的。故事的大背景设定于隋炀帝征讨辽东时，来护儿为平壤道行军总管，结果大败而还。隋炀帝处死来护儿之后欲将来护儿的儿子们也尽数诛杀。小背景则是来护儿的儿子之一来君绰得到消息，慌忙与秀才罗巡、罗逖、李万进几人结伴逃往海州。

这天晚上，几个人迷了路，看到前面不远的路边隐隐有灯火闪现，急忙前去叩门意求投宿。开门的是个仆从打扮的人，来君绰四个一边随着他进去，一边问这家主人姓甚名谁。仆从答自己主人是称为科斗郎君的当地秀才，姓威。仆从将来君绰等引入堂中，又去敲旁边屋子的门，口中叫着："蜗儿，有四个客人来，快起来招待一下。"一阵窸窸窣窣的响动后，门里出来另一个仆从，举着烛火带着来君绰几个来到客房，里面床榻被褥整洁齐备。来君绰暗自高兴，连日辛苦逃亡，今晚终于可以睡个好觉。忽然听见外面有小童的声音高声通报："六郎来了。"来君绰几人赶忙整理好衣冠，出门下阶相见。六郎是这家主人，自报姓名"威污蠖"。众人心知这应当不是其真名，但初次见面，不好刨根问底，遂各自与主人见礼。威污蠖告知众人，自己已设下盛宴款待各位来客，于是说话的地点自然从庭院中移到了酒桌边。

叙谈之下，来君绰见威污蠖性情桀骜、才思敏捷，但凡一个话题都会引经据典，驳得自己一行哑口无言，因而心中有些不服气，想提个酒令讥讽威污蠖一番，结果反被威污蠖笑话，于是红着脸再不说话。同座诸人由衷佩服威污蠖的才思。罗巡问威污蠖："您饱读诗书，行止风雅，完全可以自比为云龙，为何反而称污蠖自贬呢？"威污蠖放下酒杯，长叹一声，说自己祖上为齐威王，本姓为田，故而也可称是显贵大族的后人。自己很早就去参加科考，却屡次被考官刁难，名列诸多有名无实的所谓读书人之后，这不正像被压在污泥中的尺蠖吗？来君绰几人听了，不知是否在影射自己，便都默不作声。

好在此时仆从蜗儿托着个一丈见方的盘子送到席上，盘中尽是水陆珍馐，众人即在威污蠖礼节性的劝让下大快朵颐，吃吃喝喝直到夜半。第二天，来君绰四人睡到很晚方才起床，收拾停当后与威污蠖依依惜别。走出数里之遥，几人对威污蠖以及他的热情款待念念不忘，故而又原路返回欲再次拜访威污蠖。可当他们回到昨晚栖居之处时，发现并没有什么华丽宅院，只有一片大大的污泥沼泽。沼泽边卧着一条数尺长的巨型蚯蚓，蚯蚓不远处的水洼里则是不少一动不动的田螺、蝌蚪之类。蚯蚓见来君绰几人回来，抬了抬头，随即躺下不再动弹，似乎在跟众人说："昨晚陪着你们玩儿到那么晚，白天总该让我们歇歇了吧？"

来君绰几人顿时明白昨晚共处的乃是这些蚯蚓、田螺、蝌蚪，吓得拔腿就跑，直到筋疲力尽才晃悠着停下脚步。虽然天色已近晌午，众人也连走带跑地奔了有十数里路，却一点饿的感觉都没有。大家也突然意识到这点，面面相觑之余，他们脑子里飞快闪过的是昨晚席上的那些美味和自己饕餮的画面。"哇——"作为这个小集体无形的头领，来君绰第一个俯下身子，用手指抠着喉咙呕吐起来。随后这个声音便此起彼伏地在小路上飘荡。故事的结局很简单，"各吐出青泥及污水数升"。

这三则故事，均出自《玄怪录》。《来君绰》这则，虽然有鼻子有眼指名道姓地架构出大小背景，但实则与史实出入颇大。大背景的隋炀帝攻伐高丽自然确有其事，当初隋文帝开国之后，曾封继承高句丽王位的高元袭北周赐爵辽东公，但高元转眼就发兵侵扰辽西。强烈的被欺骗感令隋文帝大怒，他让自己的五儿子汉王杨谅率大军征讨高句丽。高元连忙上表谢罪，落款自称"辽东粪土臣元"。面子已经挽回，隋文帝也不愿劳民伤财大动干戈，于是这次冲突以高句丽低调道歉告终。隋炀帝即位后，一劳永逸地击败高句丽问题再次被提上日程，临海的东莱随即变成了海军造船基地，民夫们没日没夜地泡在海水里挥舞凿子、锤子，不少人腰以下的身体溃烂生蛆，因此死亡率高达四成以上，这还没有算那些络绎不绝运送军需物资的民夫。天怒人怨的战备状态还促生了那首隋帝国的挽歌《无向辽东浪死歌》，但最终，号称二百万的大军还是浩浩荡荡出发了。

其时来护儿为平壤道行军总管，但因宇文述部队大败，自己也接连受挫，不得已引兵还朝。这次失败并没有让来护儿像故事中说的那样丢掉性命还搭上全家，否则也就不会再有第二次、第三次征讨高句丽的败绩。他是后来与隋炀帝一同在宇文化及策动的江都之变中被杀的。而且史籍中来护儿子嗣十二人，其中并没有来君绰这个名字，他的子嗣大多在江都之变时遇害。唯有十一子来恒和十二子来济仕唐，且均在唐高宗时官至宰相。《玄怪录》的作者牛僧孺自然不会不知道这些，故此他在实体的历史中设立虚构的故事。在摈弃后世牵强附会的那些分析后，余下的只是妙趣横生的回味。

在《来君绰》故事里，若来君绰四人不掉头回来，无非也就是人生中平淡无奇的一次偶遇。因为这个故事不像人类与鬼狐相交的套路，天亮后即发觉自己原是身处孤坟荒冢，对方也没有像白蛇、龙女那样的异类在某种特殊条件下要现出原形。当然，若是不回来，这份回忆还是很美好的。很多事情都是这样，若是一定要回头，自己在心里辛苦树立和保有的美好，刹那间便会变得惨不忍睹。

你来，或者不来，妖怪就在那里，不多不少。

援琴鸣弦发清商

——《郭元振》

世界上有那么多的城镇，城镇中有那么多的酒馆，她却偏偏走进了我的这间。

——《卡萨布兰卡》

这个问题，不但里克会因为伊尔莎的突然出现而用来问自己，在牛僧孺《玄怪录》的《郭代公》一篇中，倒霉的乌将军和幸运的村女也同样会这样问自己，只是问的时候心情是截然不同的。郭代公即郭元振，他本名郭震，魏州贵乡人，为唐时名相，少年时“任侠使气，不以细务介意”。《隋唐嘉话》中记，郭元振任梓州射洪令时，不仅无休止地征求财物，有时还会劫掠当地部落的年轻人卖为奴婢。这些行为传到武后耳中后，武后便派人去他的家中查抄，不想郭元振家中只存有数百卷书，并无余财。一问之下，得知郭元振搜掠赚取的财物都拿去救济贫苦百姓了。武后心里颇为惊奇，没有治他的罪。后郭元振为凉州都督，治下路不拾遗夜不闭户，周围的部族邻国闻之，纷纷自请朝献。时人评说，自治凉州以来，没有人的成绩比郭元振更大。

《郭代公》一篇故事的背景设置在开元年间，郭元振科考失利，带着仆从自晋阳去汾阳，因为走夜路迷失了方向，正焦急间，远远望见数里外有星星点点的灯火。于是加快脚步来到亮光之处，只见一所大宅，庭院大堂均灯火通明，四处摆放着美食饮馔，仿若嫁娶的排场，但宅中却悄无声息，也不见半点人影。郭元振在宅中厅堂徘徊了一会儿，隐隐听见东边阁内有女子呜咽涕泣，便来到门边，大声问道："在屋子里哭的，你是人还是鬼？这宅中为何布置成如此模样，而又空无一人？"屋内女子回答："我是本地某户人家的女儿，因为乡里有一个能左右吉凶的乌将军，每年都要选一个未婚女子为妻，若是不从，便要降祸下来。我父亲收了人家银钱，便把我当作今年的贡物锁在这里，我心里惊惧故而啼哭，不想惊扰了客人。若您能救我性命，我愿跟随您的左右终生服侍。"

郭元振听了，顿时心生怜悯，慨然道："大丈夫不能见死不救，我定要想法为民除害，若是力不能敌，至多同你一起死在这里，也没有什么可后悔的。"说罢，端坐在西边堂前石阶上，并命仆从立于自己身前。过不多时，外面忽有车马嘶鸣，几束火把将门外映得如同白昼，两个身着紫衣的官吏走进大门，看到坐在院中的郭元振便回身出去，口中说："宰相在此。"随即，两个身着黄衣的官吏也走进来，看到郭元振仍说着"宰相在此"并反身出去。郭元振听了，不禁心中暗喜，思忖自己若真可日后位居宰相，自然今日定会降伏妖怪。

此时，那乌将军也已到了门口，郭元振命仆从上前通禀说郭秀才拜见。乌将军有些惊异，问郭元振因何来此。郭元振说自己听闻乌将军今日娶亲，特来拜贺，并愿为傧相。乌将军大喜，拉着郭元振同坐，一起享用酒食。郭元振想起自己口袋中藏有利刀，心里便有了主意。于是他问乌将军可曾吃过鹿肉干，乌将军摇摇头，说此地鲜见这样的美食。郭元振说自己身上带着一块，愿与乌将军共享，说着拿出鹿肉干和利刀，把鹿肉干切成小片置于盘中，让乌将军自取。待乌将军伸出手来，郭元振猛地挥起利刀，砍下乌将军的一只手。乌将军大叫一声，夺门而出，眨眼间便不见了踪影。

郭元振拾起乌将军的断手，用布包裹起来，之后将阁中女子放出，告知乌将军已负伤遁逃，她不用再担心被强娶。女子闻言拜倒，称愿为侍妾跟随郭元振。郭元振推辞不得，便暂不多言。第二天一早，郭元振细细看那包裹中的断手，竟是一只猪蹄，顿时明白原来是一头猪精在危害百姓。

天大亮之后，门外由远及近传来哭哭啼啼的声音，正是女子的家人与乡邻抬着棺木前来，准备为女子收尸。大家见女子安然无恙，旁边又多了一个郭元振，不禁纷纷露出惊异的神色。郭元振将事情的前前后后叙说了一遍，不想众人却七嘴八舌地指责郭元振，说他冲犯了神灵，必定会给乡里带来祸患，人群中甚至有人吵嚷着应该杀死郭元振向乌将军赔罪。郭元振不急不恼，朗声对众人说：“你们空活了这么大年纪，却一点道理都不明白。神灵乃上天派下来看守一方、造福百姓的，就如同诸侯受天子封敕差遣一样。若诸侯行为残虐，令生灵涂炭，天子必定不会饶他。你们敬奉的这乌将军，贪利好色，哪里有半点神灵的威态？上天怎会容他？再者，若真是神灵，怎么会长着一个猪蹄呢？”说罢，郭元振将那只猪蹄高高举起，众人见断口上的血渍已经发黑，不由得面面相觑，不再鼓噪。郭元振继续说：“如今，你们应该随我一道，去找出这妖孽并一举铲除，从此这里才会有安康的日子。”众人听了，争先恐后上前愿随郭元振一同前往。于是，郭元振带着百余人，手持弓矢刀枪，沿着血迹寻到二十里开外的一座古墓前。

郭元振令众人将墓口掘开，点燃柴薪投掷进去，依稀看见一头失了左前蹄的大猪卧在墓室里。那大猪禁不住烟熏火燎，猛地起身蹿出墓口，正落入众人合围中，瞬间便号叫着丢了性命。大家欢欢喜喜抬着死猪回到乡里，摆酒设席庆贺。待郭元振临行时，那女子指斥父母亲族当初为了银钱几乎令她失了性命，因郭元振有再造之恩，故决意跟从。郭元振只得将女子收为侧室，后生数子。

这则与西门豹惩治河伯娶妇类似的故事，在史家眼中也只限于是个故事。据史载，郭元振在唐高宗咸亨年间即中进士，武后长安元年（701）任凉州都督，陇后诸军大使。自然不会有“开元中下第”之事，因而这个故事的主旨，还是在于文后所言“事已前定，虽生远地而弃于鬼神，终不能害，明矣”一句。不知这则故事是否为后世吴承恩撰写小说时带来几许启发，故事中的猪精娶民女活脱脱就是猪八戒在高老庄那桩啼笑因缘的前身，只是猪八戒的出身要比居于古墓的乌将军高贵不少，乃是上界被贬的天蓬元帅。

《酉阳杂俎》前集卷十四《诺皋记上》篇，记有郭元振在山中闲居时，某天深夜，他照例在灯下读书，忽然灯下黑影中现出一张圆盘大小的人脸，郭元振丝毫不觉惊惧，只慢慢从桌上拿起笔来，从砚台里蘸上墨，在那张脸上写下“久戍人偏老，长征马不肥”两句，之后又大声念诵了一遍，那张脸随即消失。几天后，郭元振随樵夫在山林中闲步，忽然发现一块木头上长着一丛巨大的白木耳，最令两人吃惊的是，白木耳上写着郭元振那夜所题的两句诗。

这个故事在《酉阳杂俎》中虽只寥寥数句，但因为郭元振在唐时的声望，亦被纪晓岚在《阅微草堂笔记》中与自己听来的一则故事做了类比。在那个故事里，主角是一个老儒，某次他去亲戚家小住，恰逢亲戚的女婿也来这里，两人话不投机，老儒不想跟他住一间屋子，就搬去别间空房。这晚，老儒在灯下写信，忽然灯旁出现一个女子，老儒知道此女非狐即鬼，便头也不抬地说：“既然来了也不要干站着，替我剪剪灯花吧。”结果女子一下子把灯弄灭了，凑到老儒身边。老儒顿时沉下脸，用手在桌上的砚台中蘸了蘸，然后一巴掌打在女子脸上，呵斥道：“明天我就以这个为记找你，到时把你砍碎了烧掉，看你还敢四处祸害！”女子“呀”地叫了一声，急急隐去。第二天，老儒向亲戚说起这件事，亲戚告诉他，以前曾有个婢女死在那间屋子里，晚上时常会现形出来，平时没人敢在里面住。后来，亲戚家仍有仆从看见那女子在月夜出现，但一遇到人便掩面躲避，脸上隐约还有老儒拍上的墨迹。纪晓岚因而议论，鬼应该看起来只是有外在形状，不应该有实质身体，为什么会被着色呢？或者其实是精魅之物依托着有形的东西显像？随即，纪晓岚举出《酉阳杂俎》里郭元振在白木耳上题诗这个故事作为例证。

《开元天宝遗事》中对于郭元振的婚姻则另有记述，宰相张嘉贞因郭元振风姿俊美才艺超人，有意招他为婿。郭元振说自己闻知张嘉贞有五个女儿，不知如何挑选，因此还需细细思量。张嘉贞笑答自己的女儿个个姿色出众，不如让五个女儿每人手中握一根丝线站在幔帐后，看郭元振会选哪一根。郭元振欣然从命，并选中了执红线的三女儿，后来她果然与郭元振一同显达富贵。

别以为猪精一定只会变作男身，换作母猪照样会对帅哥下手。《搜神记》卷十八中，晋代吴郡一个王姓书生，某次回家探亲，晚上将船停在一座土坝边。坝上孤零零地坐着个十七八岁的妙龄女子，王生见色起意，邀请女子上船过夜，一夜缠绵不在话下。第二天一早，女子起身告辞，王生摘下自己随身的一个小金铃戴在女子手腕，随后悄悄命随从远远地跟着女子，想知道女子的住处所在。随从眼见女子进了一户农舍，回来告知王生。王生梳洗收拾一番后，由随从带着来到那户农舍，希望能给女子一个惊喜。不想农户的主人说家中都是壮男，并没有什么女子。王生听见屋内隐隐传来铃声，自是不信主人的话，便闯进屋中到处寻找，结果在屋后的猪圈里，看见一只膘肥体壮的母猪正懒懒地卧在污泥里，前腿上正是他亲手戴上的那只金铃。

类似的故事，也见于唐代薛用弱《集异记》中的《李汾》一篇，越州上虞县秀才李汾性喜清净，曾在四明山中居住。天宝末年的某个中秋之夜，李汾见月色如水，胸中顿生雅兴，于是在庭院中抚琴自乐。忽然外面传来女子的赞叹声，李汾起身一看，竟是一个绝色女郎。女郎自称是山下张家女儿，今夜父母不在，故而偷偷出来听李汾弹琴。李汾见女郎称他有司马相如之才，心里不禁暗喜，想着悄悄来看他的这个女郎不就是自比卓文君吗？两人在院中叙谈之后，李汾留女郎过夜，自然又是一番旖旎风情。将近五更天时，女郎欲起身离开，李汾不舍，悄悄将女郎的青毡鞋藏了一只在床头小衣柜里，女郎寻不到鞋，急得落泪不止，一个劲儿央求李汾把鞋还给她，并答允今夜会再来陪侍。任女郎如何恳求，李汾始终摇头不允。最后女郎只好哭着离开。待日上三竿，李汾起来之后，发现床前有点点血迹一路滴到门外，而自己所藏的青毡鞋竟是一个猪的蹄壳。李汾心生疑窦，循着血迹下山，一直来到张家的猪圈边。他发现一头后蹄少了蹄壳的母猪正狠狠瞪着他，喉咙里时不时发出愤怒的低吼。李汾吓得连退几步，赶忙跌跌撞撞地跑到户主张家，告诉他母猪化为女郎的事。张家因而杀掉了这头猪。心有余悸的李汾则不敢再居于此处，转天就远远搬走了。

《玄怪录》卷四《尹纵之》篇所记，与《李汾》这个故事的情节架构几乎相同，只是男主角由李汾变成尹纵之，地点从四明山挪到中条山，母猪所变女郎也从张家女儿改为王氏女子。在语言描写的优美程度和主题升华的深刻意义上，《尹纵之》则更胜一筹。鱼水之欢绸缪之意过后，女子从五更至破晓一直跪在床前哭着恳求尹纵之还她青毡鞋，尹纵之却始终不从。最后，女子不得已向尹纵之道出两人的因果：“妾前生负郎君，送命于此。然郎之用心，神理所殛，修文求名，终无成矣！”之后愤然离去。尹纵之同样顺着血迹下山寻找，发现昨夜的枕边人乃是母猪所化，于是也同样唆使主人杀掉了曾与他尽情欢爱的母猪。《尹纵之》篇末，较之《李汾》故事多了个尾声，与之前女子从尹纵之床前起身所说的话呼应：“其年，纵之山下求贡，虽声华籍盛，终无成，岂负豕之罪欤？”尹纵之虽才华过人，但终究一事无成。这是猪精的诅咒也好，预言也罢，无论怎么说，也是尹纵之过分在先。缘怨不曾得到善解，就要继续在不停的得失沉浮中报偿。

在男权为主导的社会中，猪精变成男子，则依旧飞扬跋扈；变作女人，一下子就成了悲悲切切的弱势群体。因此倒是应该提醒母猪：爱情有危险，变人需谨慎。

真志笃终誓穹苍

——《枕中记》

你承受不了真相。

——《好人寥寥》

是庄子梦到蝴蝶，还是蝴蝶梦到庄子？这个可以被归结为类似鸡与蛋辩证哲学的物化命题，背后蕴藏的道理反而比其衍生的种种学说深厚得多。你看到的一定是真实存在的吗？梦境一定就是虚幻的吗？

春秋时，晋楚城濮之战前夕，河神在梦中向楚国主将子玉索取缀着琼玉的帽子，子玉舍不得，结果楚军大败。卫国的浑良夫因有功于国而被应允可以免除三次死罪，但卫国太子不守信约杀了浑良夫。浑良夫的鬼魂便常常在卫侯梦中出现。楚怀王梦到“旦为朝云、暮为行雨”的巫山神女自荐枕席之喜，苏东坡在梦中与亡妻相见，“相顾无言，惟有泪千行”之悲，以及白居易一夜三次梦见好友元稹，李后主不时会梦到故国重游等等，绝非现代科学一句所谓“在现实中实现不了和受压抑的愿望的满足”便可遮蔽过去的。同样是庄子，已经对这样的神秘给出了揭示谜题的钥匙：“且有大觉，而后知此其大梦也”，不能得知大觉悟的正道，自然就会被梦所迷或迷于梦中。

《枕中记》在后世的普及程度远不如它衍生的成语“黄粱一梦”，当然这并不影响它在唐时即被认为是传奇中的翘楚。李肇的《国史补》中将沈既济的《枕中记》与韩愈的《毛颖传》并列誉为“良史才”。北宋时精选上自南朝梁，下至五代诗文的《文苑英华》里，《枕中记》与《长恨歌传》被作为唐传奇的代表收录其中。元代马致远等的杂剧《黄粱梦》，明代汤显祖的《邯郸梦》都是《枕中记》故事的再现。其作者沈既济在唐德宗时被杨炎举荐为官，《新唐书》称其“经学该明”，《旧唐书》称其“史笔尤工”；其小说今存《任氏传》《枕中记》，均为传奇中的佳作。

文章开始直接给出了故事发生的具体时间，为唐玄宗开元七年（719）。引出主人公卢生的，是一个颇有法术的道士吕翁。后人多以为吕翁是八仙中的吕洞宾，但在宋时即有学者考证吕洞宾出现的时间远远晚于这个开元时的吕翁。无论这个神秘的吕翁到底是谁，只要卢生是因他而得到点拨，如同禅门中的指月故事一样，只要肯抬头，肯顺着手指的方向看到月亮，又何必一定要追究手指的长短粗细呢？

这天，吕翁在去往邯郸的道边客栈休息，客栈中一个身着褐衣满脸愁容的年轻人吸引了他的目光。攀谈之下，吕翁得知年轻人姓卢，已经快三十岁了，虽身强体壮，却因一直不能享受功名富贵而时常烦恼，因此长吁短叹郁郁寡欢。吕翁听了只是笑笑，从随身包裹里取出一个青瓷枕头递给卢生，说道：“你枕着我这个枕头先睡一觉，看看荣华富贵是不是真的那么有意思。”卢生此时颇觉困倦，于是接过枕头躺下。恍惚间，卢生觉得枕头两边的孔洞忽然变大了，里面还发出耀眼的光芒，而自己的双脚也不由自主地往光亮处走去。不知怎的，竟一下子回到自己家里。卢生叹了口气，觉得大概刚才在客栈的事情都是白日梦，自己依然得按部就班地过每天的生活。

如此过了几个月，忽然媒人找上门来，说清河崔家有意将女儿嫁给他。有这样的好事从天而降，卢生自然连连点头。崔家女儿不但容貌端庄知书达礼，而且嫁妆也极其丰厚，令卢生的生活标准也迈上了一个出门有车马、入室有仆从的新台阶。一年之后，卢生科考中举，几年工夫便从县尉升为监察御史，随即又成为皇帝身边的近臣起居舍人。过了几年，卢生被任为陕州牧，到任之后兴修水利造福万民，故而功绩丰伟。后来他又被召回京城，由皇帝亲自委任，率领大军与戎狄交战，大获全胜之余为帝国扩地开疆辟壤。卢生因德重功高被任为宰相，与多名重臣共掌朝政。一时之间，威势隆盛无出其右者。

但不久，卢生即被奸佞进谗陷害，当来抓捕他的官吏甲士在府门前人喧马嘶，卢生不禁心中惊惧，想着自己此次必定难逃一死，故与妻子执手垂泪道："当初若肯甘心守着几顷良田，虽然不能大富大贵，但起码也能吃饱穿暖，一家人平平安安。如今即使想再穿着粗布衣裳，在邯郸道上的小客栈里打个盹儿都是不可能的事情了。"说罢，卢生拿起刀就要自杀，被妻子死死拉住，家中的仆从也纷纷上前把刀夺下。经历一番牢狱审讯，与卢生同罪的官员均被处斩，卢生因有宦官为他说情，被免去死罪贬至外州。数年之后，皇帝知道卢生冤屈，把他召回京城任中书令，封爵燕国公，眨眼间又成了权倾朝野炙手可热的人物。

卢生的五个儿子卢俭、卢传、卢位、卢倜、卢倚，个个才能卓著，且都跟随着卢生的脚步在仕途的大道上狂奔：卢俭任从六品的考工员外郎，考察官员功过；卢传任纠察朝仪的侍御史；卢位任主宗族祭祀的太常寺卿；卢倜官任唐代县制等级最高的"赤县"万年县的县尉；卢倚最为贤明，年龄才二十八岁，就担任规谏朝政的左补阙。故而与卢生诸子结亲的也尽是天下望族。卢生的孙辈十余人也大多聪颖好学。

此时的卢生志得意满，生活不由得随之奢靡起来。家中蓄养的歌伎个个绝色，日常使用的器物件件珍奇。至于拥有的田宅良马更是难以计数。如此又过了几十年，卢生已是八十岁的老翁，体力与精力都不足以再支撑朝中政务，于是乞请告老还乡。皇帝以其为国之栋梁，坚决不允。直到卢生重病缠身，不能往来于府第和朝堂间才得以休息。皇帝不时会派宫中的近侍与御医前来探病送药。卢生明了自己时日无多，用尽最后的力气亲笔书写一封奏疏，在回顾自己的大半生后，感激皇帝对自己无以复加的恩宠。其中说起自己本是一介布衣，偶然间晋身仕途，得到重用，虽然历经岁月悠长起伏不定，自己行事亦是鞠躬尽瘁如履薄冰，但所做的一切终究与现在拥有的荣宠无法相比，因而粉身碎骨也不能完全报答皇帝的恩典。如今就要阴阳两隔，心中无限感伤，特此上疏表达自己的谢意与愧疚。

皇帝读后亦是感慨万分，下诏安慰他说：爱卿能够成为国之栋梁，完全是因为拥有过人的能力和杰出的品行。虽然此次偶染小疾，并酿成大病，但若是尽心治疗，相信不久便会痊愈，还请爱卿不必思想太多。卢生接到诏书，明白这些话都是安慰宽怀之语，想到自己起伏跌宕的一生，再惊心动魄，再繁花似锦，终究也是落得荒冢一堆。念及此处，两行浊泪不由顺着眼角流下。

这天夜里，卢生去世了。他觉得自己似乎进入了一片黑暗，于是竭力睁大眼睛想把四周仔细看清。不想眼前忽然一亮，朦朦胧胧看见灶台上的一个大锅正咕嘟咕嘟冒出蒸汽，黄米饭的香味儿一阵阵涌进鼻间。这个场景如此熟悉，难道……卢生转过头，看见吕翁正在看着他，和蔼的目光中尽是笑意。

卢生脸上满是诧异的神情，刚才那些鲜活的情景，难道都是在做梦？曾经的呼风唤雨与叱咤风云竟然都是虚幻的？但庆幸的是……自己还活着。吕翁显然对卢生这段惊心动魄的经历和现在脑中不明所以的想法全都知晓，张口对他说道：“你所希望的功名富贵，也无非就是如此了。”卢生又将梦中所见在脑子里重新想了一遍，最后慨然长叹一声，起身向吕翁拜谢，说：“这些所谓的荣辱得失，无非就是一场幻梦，您对我的教诲，我定会记在心中。”之后，卢生带着无限的惆怅起身离开。

《枕中记》的故事到此便结束了，卢生去了哪里？以后的日子他将怎么过？是就此安之若素，还是仍旧希望能够经历一次梦中的起落？文中并没有给出答案。后来汤显祖的《邯郸梦》则堵塞了读者最后一点想象空间：卢生被点化悟道，去蓬莱仙山修炼去了。

《枕中记》一篇除了显而易见的喻世道理，与史实混杂一处的表现手法也是重要看点之一，以至于后世由此产生了诸多考据，想寻出卢生的原型到底是谁。流传广泛的说法，主要有卢生为与沈既济私交甚笃的杨炎或卢生是与其仕宦经历如出一辙的张说两种，故事中卢生被陷害后得到宦官的搭救，与张说下狱时，高力士曾在唐玄宗面前极力斡旋一节极为相似。但无论沈既济在撰写这个故事时是以谁的事迹为依托，希望达到什么样的结果，其浮生若梦，梦醒之后发现一切皆是空的主题则是恒久不变的。

同时，故事中语言应用之美，也是其魅力所在。如开始时卢生与吕翁攀谈，因自己要躬耕田亩，身着布衣，便感叹：“大丈夫生世不谐，困如是也！”此时卢生心中的成功人士形象为“当建功树名，出将入相，列鼎而食，选声而听，使族益昌而家益肥”。随后，他发出自己生不逢时的感慨：“吾尝志于学，寓于游艺，自惟当年，青紫可拾。今已适壮，犹勤畎亩，非困而何？”当年自己觉得一定会成为前呼后拥、举足轻重的人物，现今却还在田间地头为了生计糊口挣扎忙碌。这一段铺垫，为梦中将要涉及的内容列出了一个提纲，同时也为篇末他的奏疏与皇帝的诏书在内容上均以四字骈文为主预先打下了基础。卢生被缉拿时发出的感叹："而今及此，思衣短褐，乘青驹，行邯郸道中，不可得也。"这明显又是模仿了《史记》中李斯被杀时感慨再也不能与儿子牵着黄狗一同出上蔡东门去追野兔，《晋书》中陆机临刑前悲叹再想听听华亭的鹤鸣也不可能了等典故。

最后，卢生对于吕翁的点化，产生了"宠辱之道，穷达之运，得丧之理，死生之情，尽知之矣"的回应，他知道吕翁让他感受所有这些的目的，是"所以窒吾欲也"，希望能够以亦真亦幻、感同身受的梦境遏制卢生对于名利的欲望。前秦诸子对于如何对待人的欲求给出了殊途同归的答案，墨家代表墨子自然旗帜鲜明地倡导"节用"，需求少了，欲望自然小了；儒家的孟子亦明确地提出"养心莫善于寡欲"；道家老子更是在点出欲望的危害"五色令人目盲，五音令人耳聋，五味令人口爽，驰骋畋猎令人心发狂，难得之货令人行妨"后，希望人们做到"为腹不为目"。欲望是人类的天性，就像饿了要吃饭、渴了得喝水一样，因此掌握一个度，将欲望控制在适可而止的范围，才是正常的欲望，即"欲而当于理，则为天理；欲而不当于理，则为人欲。欲求适可斯已矣，非欲之外有天理也"。超出这个范围，就会产生危险，亦如老子所言："祸莫大于不知足，咎莫大于欲得。"

梦中荣华的主题并非沈既济首创，《搜神记》《幽明录》中所录"焦湖庙祝"的故事即可被认为是这类题材的先导。"焦湖庙祝"讲述一个叫汤林的小商贩，路过焦湖神祠时入内祈福。主管香火的庙祝见汤林虔诚祝祷，于是递给他一个柏木枕头，告诉他若是靠近枕边那处裂缝，心中所想的一切便均可如愿。汤林依言，一下子进入枕中世界，但见朱门高阁琼宫瑶台，宛若仙境。汤林在拜谒赵太尉之后又由赵太尉主持成了家，从此也步上显贵之路。后汤林育有四男二女六个孩子，几个儿子亦纷纷走入仕途，由是汤林在这里生活得十分惬意，也不再去想自己是因何而来的。不久，汤林家中被忤逆案件牵连，满门遭祸。汤林正惊惧不已时，忽然耳边传来庙祝轻声召唤他出来的声音，于是，他发现自己又身在柏枕旁边。汤林忆及刚才自己在枕中的富贵繁华，原来竟只是刹那间的事情罢了。与《枕中记》吕翁对卢生繁华如梦的点化相比，“焦湖庙祝”故事的结尾“枕内历年载，而实俄顷之间矣”则偏重于指述不同空间的时间场长短标准。

宋刘斧的《青琐高议》中《慈云记》一篇，能看到《枕中记》的影子。故事的主角袁道因重病耽搁了科考，后在游玩时偶入僧舍，其中一间正中的地上放着一口大瓮，瓮口罩着斗笠。袁道掀开斗笠，便进入了瓮中世界。在那里，他成为宰相之婿，一度手握重权，不久因触怒了天子而被贬黜。后又经几番起落，终因被天子的叔叔谋反一案牵连，被处以极刑。他与妻子道别时所言“忆昔钓锦水，沿锦岸嬉戏，今日思之，不可复得”，依然是李斯、陆机或卢生的套路。但袁道在梦醒后决意出家修行，并且后半部分主要讲述了其修行中的点滴轶事，这与《枕中记》或《南柯太守传》对于主角在梦醒后，故事也随之进入尾声又有不同。

后世蒲松龄在《聊斋志异》中有《续黄粱》一篇，将警世的意义更加直白浅显地道出，他以刚刚蟾宫折桂的曾孝廉为主人公，故事背景放在一所禅院，点化他的人则是一个高鼻深目的老僧。曾孝廉在与同来的几人互相吹捧之后，迷迷糊糊地睡了过去。在梦中曾孝廉忽地平步青云，成了一人之下万人之上的太师，故而他穷奢极欲、贪赃枉法，引得天怒人怨，结果被弹劾充军后又被阴司缉拿，受尽苦刑，再次转生后成了乞丐的女儿，被卖给一个秀才做妾，同样是尝尽艰辛。故而曾孝廉号啕不止，结果被同来的伙伴叫醒。此时老僧方才告诉他，若追名逐利得到高位而作恶多端，以后的遭遇便会如梦中所见。曾孝廉听了，回忆起梦中的种种恐怖，彻底断绝了飞黄腾达的心思。

梦中的一切真的如梦醒后感慨的一样，是虚幻的吗？到底真相是什么？没有人知道。也许梦只是一种表象，通过人们不断追问为什么要体现出来、为什么会感同身受等等一系列为什么，来启迪人们去探究梦境背后蕴藏的真知。

万象回薄化无方

——《南柯太守传》

你追寻的应该是事物的本质而不是它的表象。

——《铁面人》

这又是一篇关于梦境的故事，或者说，是一篇很有名的关于梦境的故事，成语“南柯一梦”即出于此。当然，故事本身在写作时还是采取了介于史典和小说之间的叙述方式，即以人物的姓氏、年龄、籍贯、家世等开端，其后才按部就班地叙述其主题事件，文末还不忘加上些许评议。

“东平淳于棼，吴楚游侠之士。嗜酒使气，不守细行。累巨产，养豪客。”若在第一、二断句之后分别加上“者”“也”，是否就会感受到一丝太史公的味道？随即后面以十四个字将这位淳于棼的个性特征活灵活现地呈现在大家面前。因为嗜酒，故而先有酒后冲撞主帅被逐出补缺得来的军职，后来索性“纵诞饮酒为事”，每天没有别的事情，只是在有“巨产”作为消费资本的前提下与“豪客”们饮酒为乐。

故事的开始与梦境的发生地，在广陵城东十里外淳于棼自家南面的一棵古槐下。唐德宗贞元七年（791）九月的某天午后，淳于棼照例喝得酩酊大醉。两个酒友把他搀回家中东屋廊下榻上，让他先好好睡一觉。恍惚间，淳于棼身前出现了两名紫衣使者，自称受槐安国国王所遣，前来恭请淳于棼。淳于棼身不由己地从榻上下来，穿好衣服，随着他们上了大门外一辆四匹马拉的车。马车直奔古槐疾驰而去。树下有个树洞，淳于棼是知道的，但是马车飞驰的目的地似乎便是那个树洞，着实令淳于棼大惑不解。

眨眼间，马车已到树洞近前，不待淳于棼发出惊呼，马车已冲入树洞。经历了短暂的黑暗后，他们在一条宽阔的大路上继续疾行。虽然远处的山川湖泊、近处的花草树木都如时常所见，但淳于棼隐隐觉得眼中的一切又与平日看到的不同。至于到底哪里不一样，自己也说不上来。又往前走了数十里，远远出现一座城郭。城墙高耸，行人往来，一派热闹景象。马车两边的随从大声吆喝着让路人闪避，很快一行人来到一座巍峨的城门前，淳于棼探出头，见门券上方是金光闪闪的四个大字“大槐安国”。门内有官吏打扮的人大声对车夫说：“大王说驸马远道而来，可以先去东华馆稍事歇息。”随即引着马车来到一处馆舍。

淳于棼随着官吏进入馆舍，但见雕梁画栋，陈设华丽，庭院中尽是散发着异香的珍奇果木，空地上已经设下酒席。淳于棼心中暗自思忖，难道刚才所言的驸马便是自己？但这又不知从何说起。正疑惑间，又是一群人拥着一紫衣长者走了进来，来人乃国中右丞相，是专门来替国王迎接淳于棼的。右丞相告诉淳于棼，国王意欲将女儿嫁给淳于棼为妻。淳于棼这才肯定了刚才所说的驸马就是自己，心中不禁一阵狂喜。于是一边说着客套话，一边跟随右丞相来觐见大槐安国国王。

国王身着白衣，头戴红冠，端坐在殿中，仪态庄严，气宇轩昂。国王说自己早就与淳于棼的父亲商定了这门亲事，将自己的二女儿瑶芳嫁给淳于棼。听到这话，淳于棼心中又是泛起一阵波澜，自己的父亲镇守北边，有传言说他早已深陷敌手生死未卜，为何国王会说与父亲曾有约定呢？难道是两国就此休战了？但无论如何，成为一国的驸马终究是好事，淳于棼自然大喜拜谢。

这天晚上，仪仗财礼等各种婚礼所需物事被送到淳于棼的住处。准备同去迎亲的几位女子称在淳于棼年少时曾见过他，而同来的男子中居然还有一位是淳于棼的旧相识，名唤田子华，叙谈之下，淳于棼得知酒友之一周弁也正此国中为官。不大工夫，到了迎亲的吉时。众人拥着淳于棼上车，有数十个天仙般的女子在沿途演奏婉转的乐曲，道路两边尽是装饰华美的帷帐。车前亦有手持蜡烛引领车马的绝世佳丽。淳于棼不禁暗自猜测那公主当是何等美貌，才配得上如此的排场。很快，车马在一处叫修仪宫的所在停下。待礼成之后，淳于棼掀开新娘盖巾，这名唤金枝公主的女子宛如凌波仙子，与之前所见的众多美人相比更是清丽脱俗许多。自此，淳于棼成了大槐安国的驸马，与公主相敬如宾琴瑟和谐；他受国王的隆宠亦日益深厚，国王不但动辄便要设宴款待淳于棼，还时常带着淳于棼去城西数里外的灵龟山游猎。

然淳于棼心中一直隐隐藏着一个谜题，那就是自己父亲究竟何时定下的这门亲事。若是国王知道父亲的下落，自己也应该前去探望才是。一日，淳于棼趁着宴饮时问起关于自己父亲的情况。国王告诉淳于棼，他的父亲仍在北方驻守，路途遥远不便前去，不妨借纸笔表达思念之情。于是淳于棼给父亲写了一封长信，由国王安排人送去。过了一阵，父亲的回信到了，上面大多是教诲淳于棼的话，并问起家族中人丁情况，最后叮嘱淳于棼不必去寻他，等到丁丑年时，两人自然会相见。

不久，因国中南柯郡的太守被免，国王安排淳于棼任南柯太守一职。淳于棼推拒不过，就申请委派周弁去做南柯郡的司法官，田子华做司农官。国王一一答允，随后淳于棼带着公主前往南柯郡赴任。

到任后，淳于棼身体力行，体察民情，把南柯郡治理得井井有条。如此过了二十年，淳于棼已有五个儿子和两个女儿，自己也因政绩斐然而不断加官晋爵。这一年，忽有檀萝国的军队在南柯郡境内挑起战事，淳于棼命周弁率兵三万迎战，结果大败而归。淳于棼上表请罪，国王并没有责怪他，但周弁却因年老体衰加之急火攻心，背后生出毒疮，不久便死了。而金枝公主也突发急病，十多天后亦撒手人寰。接二连三的打击令淳于棼悲痛欲绝，他向国王请求卸去南柯太守一职，由田子华代理，自己护送金枝公主的灵柩回京城。

没有金枝公主这根纽带，国王对淳于棼虽表面上还是一样亲近，但心理距离却比从前远得多。加之闲居京城的淳于棼时常与朝中重臣交游往来，催生了不少说他心怀异志的流言蜚语，还有人说因淳于棼权势太大，必会给国家带来危难，导致国都都要迁移。国王遂撤掉淳于棼府中卫兵，将淳于棼软禁在家中，淳于棼自恃皇亲国戚，多年来亦劳苦功高，不想反而落到被猜忌遗弃的地步，不禁愤愤不平，终日闷闷不乐。国王看在眼中，召唤淳于棼入宫，说淳于棼离家已久，不妨先回故乡探望一下亲人，三年之后再派人接他回来。淳于棼不解："我的家就在这里，你是让我回到哪儿去呢？"国王笑着告诉淳于棼，他的家当在人间，并非此处。淳于棼这才恍恍惚惚地记起自己乃是在故家旧宅的睡梦中被人引来此地的，便点头答应。

送他回去的还是当年那两名紫衣使者，但所乘车马却比当年来时简陋得多，护送的随从则一个都没有。而且紫衣使者的态度也不再毕恭毕敬，淳于棼不禁暗自感慨人情冷暖、世态炎凉。待车马从一个洞穴冲出来之后，淳于棼看见熟悉的街坊里弄，一下子想起当年曾在古槐下喝酒，然后被搀扶回家休息一事。当来到自家门前时，淳于棼惊奇地发现，院中东屋廊下榻上躺着一个正在酣睡的人，看眉眼衣着正是自己。难道……自己竟然已经死去？想到此处，淳于棼只觉得背冒冷汗，停住脚步不敢向前。两名紫衣使者颇不耐烦，一个劲儿地催淳于棼过去，同时不住地叫淳于棼的名字。淳于棼看到那个睡着的自己似乎听到召唤，翻了个身准备起来。而站在门旁的自己则倏地飞了过去，转瞬间，自己已经变成刚刚从榻上起来睡眼惺忪的样貌。淳于棼向大门方向望去，哪还有那两名紫衣使者的踪影，倒是送他回来的酒友，正悠闲地在廊下洗脚，家中仆童则在清扫庭院。夕阳的余晖在东面墙壁铺上了一层暖暖的金色，喜鹊一边喳喳叫着一边钻回树梢上的小窝。在梦中跌宕起伏的半生，却只是庭院中短短的一个午后。一时间，淳于棼几乎分不清到底自己刚才的宠辱荣华是在做梦，还是当下每日的放浪形骸是在做梦。

两个酒友见淳于棼起身，围过来看他是否已全然酒醒。淳于棼感叹着把刚才那番经历讲述了一遍。两个酒友听了也颇为惊异，遂撺掇淳于棼去古槐那里看个究竟。三人来到古槐旁，寻到淳于棼车马驶入的树洞口，虽然那树洞不能算小，但还不至于钻进去人，更休说进去一驾马车了。那两个酒友猜疑可能是狐狸精作祟，大家便一起抡起斧子砍掉盘结的树根，寻找洞穴的源头。

顺着洞穴的轨迹掘出一丈多远后，延伸出的树根下面露出了一个几乎能放得下一张床的大洞，里面是用泥土垒成、造型各异的楼阁宫殿，其间无数蚂蚁在爬来爬去。中心一座略显红色的高台上，则是两只三寸多长、白翅膀红头的大蚂蚁，旁边有十几只黑色蚂蚁拱卫，俨然为蚁国的国王、王后。淳于棼顿时惊觉这即是大槐安国的所在，而南边距离这里四丈远处也有一大片土城。淳于棼知道，此处是自己曾治理过的南柯郡。随后，淳于棼依照记忆中的方向向西寻了两丈，果然找到一大如斗的乌龟壳，这自然是他与国王一同游猎的灵龟山。而在东边一丈多远的地方，有个一尺多高的土堆，是自己当初葬别金枝公主的地方。淳于棼一边感慨，一边带着酒友和仆从把树洞按原样补了回去。

这夜，狂风大作，暴雨倾盆。第二天待风止雨住，淳于棼再次来到古槐边探看，却见亭台楼阁犹在，蚂蚁却都不见了踪影。淳于棼猛然想到他在大槐安国受猜忌时听到的，因为他的缘故要使国家遭受迁都厄运的传言，如今果然应验了。随后他又与两个朋友来到住宅东边一里之外的山涧，发现一棵不知长了多少年、树冠遮云蔽日的巨檀，其上密密麻麻、层层叠叠缠绕着藤萝；树旁有一处蚁穴，不少蚂蚁正忙忙碌碌进进出出。这想必是那曾经侵犯过南柯郡的大檀萝国了。至此，淳于棼方才明白，自己在梦中的所见所为并非虚幻，于是由衷感叹："小小的蚂蚁尚且有这么大能力，那些山林间的大动物真不知道会怎样呢！"

淳于棼本打算待梦中出现过的两个好友——周弁和田子华——再来与自己畅饮时一起说说大槐安国的事，等了十几天都等不到，于是派仆从前去问候两人，不想仆人带回的消息令他大吃一惊：周弁突发急病不治身亡，而田子华卧病在床奄奄一息。这正应验了淳于棼在大槐安国时，周弁因战事失利生背疮而死，淳于棼将南柯郡的政务尽付田子华等事。淳于棼想到父亲信中说会与他在丁丑年重逢，以及临行前大槐安国国王告知的三年之期，因而料想自己的寿数也无非再有三年。但经过在大槐安国这一段起落，淳于棼对世间得失纷扰已不再记挂于心，他只在乎最后的三年时光该怎样做才算不虚度、不辜负。几天的冥思苦想之后，淳于棼最终决定戒绝酒色、一心求道。三年后，淳于棼在家中安然离世，最终契合了先前约定的期限。

文章后还有一段作者的自述和评议。《南柯太守传》的作者就是留下《谢小娥传》的李公佐。贞元十八年（802）八月，李公佐从吴地至洛阳，所乘之船暂泊淮水边，他因偶然发现淳于棼的画像，去探访询问多人，最终才整理记录下这个故事。李公佐讲出自己记录此文的感受：“虽稽神语怪，事涉非经，而窃位著生，冀将为戒。后之君子，幸以南柯为偶然，无以名位骄于天壤间云。”虽然这则故事谈论的内容看似涉及了神怪，表现的主题涉及了虚空，并不像日常所读的经典那样符合常理，但是靠蝇营狗苟攀附权贵的人不妨把它当成一个规诫。至于后世读到这则故事的人，则应把富贵荣华都看作如南柯一梦那样偶然，如过眼烟云一样清淡，不需苦苦追求稍纵即逝的名利，更不要再以这些虚妄的名位在人世沾沾自喜了。

《南柯太守传》与《枕中记》均以记梦来警世，主旨上有异曲同工之妙，其对后世的影响亦是不言而喻。《南柯太守传》在当时便已小有名气，《唐国史补》中将“传蚁穴”的李公佐与“工篇什”的才女薛涛相提并论，称他们均属“文之妖也”。无论是褒是贬，终究令李公佐与这则故事没有流于文海中寂寂无名之列。《南柯太守传》在后世的传抄过程中，名字曾有《淳于棼》《南柯太守》《槐安国》《松萝国》等数个。

故事中对于具体时间的确定仍需商榷，如开篇说淳于棼的梦境发生在唐德宗贞元七年九月的某天，后半部说他离世的日子为三年后，当为贞元十年或十一年。然这两年按干支纪年并非丁丑。丁丑年为唐德宗贞元十三年，这时距离那个梦，已有五六年时间，此处与三年之期有所出入。虽然如此，《南柯太守传》在叙事与文笔上仍不失为唐传奇中的佳作。或者说可以认为它是一则对不同空间的时间场的探索和记录。这较《庄子》中以各据蜗牛一个触角的触氏、蛮氏两国不停争斗为喻，表现同一空间内世界的大小，意义更为深远。这个故事不仅成为文士诗句的素材，如“井觉蛙窥，蚁言树大”“群蚁争受坠翼，策勋归去南柯”等，其影响力更是借汤显祖的《南柯记》达到了顶峰。汤显祖的《牡丹亭》《紫钗记》《邯郸记》《南柯记》四剧并称“临川四梦”。对于自己的作品大多时候只被看作市井中渲染热闹、打发无聊的道具，汤显祖有“词家四种，里巷儿童之技。人知其乐，不知其悲”的感叹。不错，能不满足于只停留在故事本身，从中得到些许启迪的人，古往今来，又有多少呢？

除《南柯太守传》《谢小娥传》，李公佐尚有《庐江冯媪传》《古岳渎经》等作品传世。有这样一个喜爱猎奇尊重苍生的上司，李公佐的下属遇到不可思议的事件时恐怕也会讲给他听。《酉阳杂俎》中便记有一篇。讲唐代宗大历年间，李公佐时在庐州为官，他手下书吏王庚有事请假回家。走到城外时已是夜晚，忽然身后的官道上远远传来车驾嘈杂和人声呵斥，王庚心生疑虑：这三更半夜的，怎么会有高官从此处经过呢？于是赶忙闪身，蹲伏在路边一棵两人合抱粗的树后。不多时，一队人马从他面前慢慢经过，一紫衣长者坐在马上，两边有数十仪仗、侍卫簇拥，颇显威严，后面还跟着辆遮蔽得严严实实的马车。正行走间，忽然一个车夫打扮的人急急忙忙跑到紫衣长者马前，禀报说车䩊上的绳子断了。车轭为车辕前用以扼牲畜颈的弯梁，车轭上用来夹住牲畜头的曲木便是车䩊。车夫恭敬的语气中明显带有几丝惶恐。

紫衣长者听后，脸上丝毫没有一点惊异的表情，他向旁边侍从伸出手，缓缓说道：“拿生死簿来。”侍从赶忙从随身行囊里取出一个册子递过去。紫衣长者翻看了一下，说：“把庐州张某之妻后背上的筋取来。”侍从答应着退下。王庚听后大惊失色，因为紫衣长者口中的张某之妻正是他的姨妈。王庚开始隐约意识到，这队车驾，这个长者，只怕并非是世间的人。至于是神是鬼，他想不出也不敢去想。

顷刻之间，侍从已快步回来复命，手里还提着两根各长数尺、类似白带子一样的物事。紫衣长者令其用手中的白带子换下车驹上断掉的绳索。一干人继续前行。待车驾行得远了，王庚才瘫软在地上。他感到自己背靠的大树上传来阵阵冰凉，一摸之下，才发觉衣衫不知何时已经被汗水浸透。此时的官道上又恢复了应有的寂静，以致让王庚觉得自己刚才所见的那些只是场噩梦。

王庚回到家中，发现恰好他的姨妈也在，正与亲戚们兴高采烈地议论家长里短。王庚无论如何也不敢说出这桩与姨妈相关的诡异事。然而就在那天晚上，王庚的姨妈忽然大叫背疼，凄厉的声音久久回荡，让王庚明白自己看到的那个场景，并非虚妄的幻觉，鬼差真的来索命了！果然，王庚的姨妈很快就在难言的痛苦中停止了呼吸，她的尸体蜷缩成一团，仿佛被抽去了背筋……

李公佐似乎没有把这则离奇的故事记录并展开成一个幽深诡异的小说。或许，李公佐觉得它除了离奇并没有什么别的特点；或许，它也曾成为李公佐撰写的故事之一，但是早已湮没在千年的纸灰堆中；或许，这些都只是代表了表象的梦，里面到底蕴藏了什么，没有人知道。

遨游四海求其凰

——《定婚店》

这里的确有某种神力，虽然我可能永远无法领悟它，但是我深深感受到它的力量。

——《最后的武士》

现在，杜陵人韦固也这么想，因为他在爱情的道路上一直坚持孜孜不倦地奔跑，活活将百米障碍赛跑成了马拉松。但无论如何，韦固都算一个不折不扣的晚婚模范。在他迎来自己的洞房花烛夜时，已是四十来岁的“一枝花”。好在妻子王氏年龄尚小，只有十七岁，相貌端庄性情温柔，其父王泰还是自己的顶头上司相州刺史。韦固无家无业多时，如今却既得了官又成了亲，也难怪会觉得前所未有地志得意满。

韦固对娇媚无比的妻子颇为疼惜，新婚燕尔，夫妻每日如胶似漆自不必说。然而韦固却发现一件奇怪的事，虽然前朝便有女子在额头、鬓角、两颊等处贴以金箔纸张剪成的花钿的妆容习俗，但自己妻子眉间的花钿无论是早晨洗脸还是晚上睡觉时都不见她取下。这引得韦固开始浮想联翩，他张开想象的翅膀开始琢磨每一种可能，但可能和真相总是有咫尺天涯的一步之遥。终于有一天，韦固忍不住张口问妻子，这永不消逝的花钿，背后到底隐藏或者意味着什么呢？开始王氏支支吾吾不愿回答，越是这样，韦固就越好奇，越好奇就越想问出个结果。最后，王氏一边吧嗒吧嗒地掉眼泪，一边提起了一桩十多年前的旧事。

原来，王氏其实是王泰的侄女，父亲本在今称商丘的宋城做官，但突发急病故于任上。不久王氏的母亲和兄长也相继死去，只剩下家中奶妈带着她过活，当时王氏只有三岁。奶妈靠每天在市场上卖些蔬菜维持生计，王氏时常跟随着一同往来于集市和居处之间。不料忽有一日，奶妈抱着王氏正在集市中行走，不知哪里冲出来个家丁装扮的人，朝奶妈怀中的王氏刺了一刀后慌忙逃走了。这一刀正刺在王氏眉心，虽然没伤及要害，但却留下了一道难看的疤痕。七八年前，叔叔王泰寻到王氏，把她留在身边，王氏方才开始每日用花钿贴覆眉间不敢摘下。

韦固听了，心中不禁波澜涌起，因为王氏口中的这个故事正是他的众多猜想之一，而且是他最害怕的那个。穷凶极恶却毫无来由的伤人者，衣衫褴褛的卖菜妇人和怀里邋里邋遢的小童，交织在一起上演了一桩惨剧。而黑幕背后，是一张道貌岸然却无比熟悉的脸。韦固擦了擦额头上不知什么时候涌出的冷汗，舔了舔干燥的嘴唇，问王氏："你的奶妈，她……她是不是有一只眼是瞎的？"王氏抬起头，吃惊地问："是啊，你……怎么会知道？"韦固一声长叹，思绪飞回了十四年前的那个夜晚。

韦固记得很清楚，那一年是唐宪宗元和二年（807），也是他过了唐玄宗开元时诏令，男十五便可婚娶这个标准的第十个年头。韦固少年丧父，过久了孤零零的日子，心中自然希望早日成家，接续香火，然而每次托媒人说亲，总是无功而返。韦固想，自己不如读万卷书后再试试行万里路，不定何时会遇见天涯芳草。在他计划去清河郡路过宋城时，芳草出现了。同在客店投宿的商人中，有人说起清河司马潘家的女儿待字闺中。韦固自然不愿放过这个机会，于是辗转求了个人带他去提亲，两人约好第二天在客店西边龙兴寺的门口相见，一同前往潘家。

韦固只希望此次能得偿所愿，这一夜，他翻来覆去睡不着觉，最后索性天还不亮，月色尚明时就穿戴整齐向龙兴寺那边走去。韦固远远望见寺门口石阶上有个独坐的身影，以为约好同去的人已经到了，不禁加快脚步。走近一看，却是一个背着布囊的陌生老丈，正借着月色在读书。韦固向来自诩学问广博，有心卖弄一下，便凑上去看，不想上面的字竟一个都不认得，既不是先秦的鸟篆，也不是异域的梵文。韦固有些吃惊，问老丈读的是什么书，为何自己看不懂。老丈笑笑，说："这不是人间的书，上面自然也不是人间的字，你如何能识得呢？"韦固不服气，继续问："这若不是人间的书，难道还是天书不成？"老丈点点头："阴间的书，对于凡尘的人来说，也可以说是天书了吧？"韦固一听，不禁打了一个冷战，向后退了两步："难道你……你不是人？"老丈指了指天，答道："虽然人鬼殊途，但现在是晚上，是你出来的时候不对啊。"韦固见老丈并无甚古怪，又好奇起来，指着书问老丈："那您的这本书……？"老丈捋捋胡子，道："这是掌管天下男女姻缘的册子，人间夫妻情事尽皆记录在此。"说着，拍了拍自己身后的布囊，继续道："这袋子里装的都是红绳，注定要成为夫妇的，就用一根红绳拴在他们的脚上，无论他们是贵贱悬殊，还是千里之隔，是朋友还是仇敌，最终都会被这根红绳牵着走到一起的。"韦固闻言大喜，便向老丈讲述自己欲早成鸾配，多年来却难以如愿的事，如今又要去潘家求亲，不知他与潘家女子可否成姻缘之谊……老丈翻了翻手中的册子，摇摇头告诉韦固说，他与潘家女儿并无夫妻之缘，不如不去潘家费这个无用的心思了。

韦固听了大失所望，感叹自己也许命中注定该孤独终老，老丈笑道：“不必着急，你的妻子姓王，去潘家求取王姓女子不是缘木求鱼吗？”韦固一听，脸上又现出喜悦的神情，连声央求老丈帮他查看一下这王姓女子现在何处，自己也好直接去寻她。老丈告诉韦固，他妻子的居处距此不远，就在客店北面集市旁，他妻子是卖菜陈婆婆家的女儿。但现今只有三岁，需要再过十四年，才会嫁给韦固为妻。这一席话让韦固心中懊恼不已，只当老丈是拿自己开心。老丈看出了韦固的心思，告诉韦固说，天明之后陈婆婆会带着女儿去市场卖菜，到时他可以带着韦固去看看。

韦固心中好奇，但又不甘心那边潘家女儿的事，只是支吾着答应一声，继续立于寺门口等候。老丈也不多说，仍旧低头看手中的书。转眼天已大亮，来来往往的人之中，却不见约好同去潘家的那人出现。韦固方才有些相信老丈之神异，央求老丈带他去集市上看看。到了集市，老丈指着人群中远远走来的一个老婆婆对韦固说：“她怀中抱的，就是你以后的妻子。”待老婆婆走近，韦固仔细看去，只见老婆婆衣着破烂不说，还瞎了一只眼睛，而怀中的女童更是又黑又瘦丑陋不堪。韦固顿时像泄了气的皮球，发牢骚道：“真不如杀了她算了。”老丈瞪了韦固一眼，正色道：“这个女童命中注定上有天养，下因子荣，难道是你说杀就可以杀、说改就能改得了的吗？”说罢，便隐去不见了。韦固顿时怒从心起，心中暗骂：“老鬼说这样的妖言咒我，我偏不信！我堂堂士大夫之家，娶妻必要门当户对。即使不是官宦人家的女子，起码也需绝色之美，怎么能将市场上瞎眼老妇家的丑女当成妻子？”

怒从心头起的下一步自然是恶向胆边生。韦固回到客店，寻了一把小刀，吩咐随行的仆从，让他明天一早就去集市上等候，待那个瞎了一只眼的卖菜老妇出现，务必冲上前把她怀中的女童杀死。事成之后，会给他一万钱作为奖赏。那仆从第二天果然去了集市。陈婆婆见不知哪里冒出个持刀凶徒，直朝自己冲过来，慌忙左右闪避。仆从也是胆小之辈，胡乱朝陈婆婆怀中刺了一刀，见鲜血四溅便吓得赶紧跑回去向韦固复命。韦固只当女童已经不治，从此安下心继续四处寻觅可婚配的对象，然又是十多年过去，终究没有可遂心愿的姻缘，直到娶了眼前这位当年被自己决意刺杀的女子。

随后，韦固也原原本本给王氏讲述这件事的前后，告知自己就是几欲取她性命的人。王氏见韦固诚挚，也不多做责怪，只是连连惊叹这一番曲折过往实为“奇也！命也”。自此，韦固与王氏更加相亲相爱、相敬如宾。后来韦固夫妇的儿子韦鲲仕途坦荡，官至雁门太守，王氏母以子贵，被封为太原郡太夫人，亦是应了老丈预言王氏“因子而食邑”之语。故而众人方知冥冥之中万物皆有定数，不是人力所能更改的。

宋城县令知道这件异事后，将当年韦固所住客店题名为“定婚店”，李复言撰《续玄怪录》中收录这则故事，依旧以此为题。明刘兑的杂剧《月下老定世间配偶》也是从这个故事脱胎出来。后世则慢慢将月下老人简称月老，并变成与元稹《莺莺传》中往来于张生与崔莺莺间的丫鬟红娘齐名、专司成就有情人的代表形象。

故事的主题，还是为了体现“天下之事，皆前定矣”的观点，姻缘只是其中一个方面。若不是命中注定的夫妇，临门一脚也会出错，煮熟的鸭子照样飞掉。不信便看看同样收在《续玄怪录》中的《郑虢州騊夫人》一篇，题目是对女主人公的称呼，当然这是在出嫁之后，之前她只被称为“弘农令女”李氏。李氏即将与卢氏家族的卢生成亲，六礼走过大半，眼看着快到迎亲的日子。《礼记》中说“娶妻之礼，以昏为期”，故而这天午后，李氏母一边安排着傍晚将来家中迎亲的事务，一边与前来贺喜的宾朋闲聊。其中一个中年女人因身有异术，在当地小有名气。李氏母便让她帮忙看看自家女婿卢生未来可有飞黄腾达的运势。言语中潜藏的意思，自然是希望对方说些吉利话，也好炫耀一下。不想中年女人想了想，反问李氏母："你问的这个卢郎，是不是个子高高、胡须长长的那个？"李氏母连连点头。中年女人说："那么他恐怕不是你家的女婿，你家女婿身材中等，没有胡子。"此时距离迎亲的队伍前来不到两个时辰。李氏母听了这种话自然心中不快。但碍于来客众多，也不好发作，便让中年女人再仔细看看。结果中年女人仍一口咬定卢生不会是今晚的新郎。李氏母大怒，呼吼着将她赶了出去。

天慢慢黑下来，卢生带着迎亲的车驾来到李家。双方见过礼，卢生正要将从门中走出的李氏引上车，不想他脸上忽然现出一副惊恐万状的表情，嘴巴张得老大，发抖的手指着李氏却什么也说不出来。周围的人不禁议论纷纷。随后卢生转身疾奔，冲出大门跳上马背，眨眼便不见踪影。新郎突然跑了，这个举动令前来迎亲的卢家亲友和李家的男女老少都愣在当场，有惊愕的，有气愤的，更多的是不知道如何是好。弘农令李大老爷是惊愕与气愤的综合体，卢生的行为无疑令他颜面失尽。老先生牵着李氏，在众目睽睽之下说道："我家女儿虽不是闭月羞花的容，但绝对有沉鱼落雁的貌。今日良辰吉时，谁愿意娶了她，以后就是我家女婿！"大家见李氏果然容貌清丽，堪称绝色，不少人都动了心思，人群中一个叫郑驹的年轻人应声而起，他本来是卢生的男傧相，同卢生一起来接亲，虽然没有卢生的大高个儿，但模样白净也算周正俊俏。不想遇此变故，诧异之余亦为李氏不平。正好李大老爷需要一个自告奋勇的女婿来化解这场尴尬，郑驹即当仁不让地挺身而出，白得了一个如花似玉的贤妻。婚礼仪式继续进行，郑驹带着李氏上了迎亲的车。当车驾慢慢消失在夜幕中，李氏母突然想起了下午的那桩不快，中年女人的话又在耳边响起："……你家女婿身材中等，而且没有胡子。"这不正是郑驹的样子吗？

多年后，郑驹成了京官，某次偶遇同在京城的卢生。故人相见，自然要好好叙谈一番。郑驹在家中安排下酒宴款待旧友。席间，郑驹终于提起了掩藏心中多年的那个谜团，就是卢生为何会在成亲当晚失态，然后惶恐万分地逃跑了呢？卢生叹了口气，说："你有所不知，那李氏简直就是罗刹的相貌，夜叉的面孔，她两只眼睛血红，而且凸出来像茶碗一样；口中生有数寸长的獠牙，从嘴角龇出来。现在想想还一身冷汗呢。"郑驹听了，唤出妻子李氏，笑着对卢生说："你看她哪里像罗刹呢？獠牙似乎也早就没有了吧？"见卢生惊诧，郑驹便原原本本讲了因卢生逃婚，自己顶替上去，阴错阳差得以成家的这一系列事情。卢生听了，长叹不已，于是众人乃知"结缡之亲，命固前定，不可苟求"。

世界上最遥远的距离，不是生与死的距离，而是明明知道你不是我妻子，却非得折腾这么一番；或者明明知道你是我妻子，我却只能干瞪眼儿看着。

鸾鸣凤舞向平阳

——《裴航》

每一次和你说再见都有些像是永别。

——《魂断蓝桥》

《庄子·盗跖》篇演绎了盗跖和孔子的一次谈话。盗跖是当时远近闻名的大盗，带领九千徒从烧杀劫掠无恶不作。于是孔子先是跟那位大名鼎鼎坐怀不乱的柳下惠——也就是与弟弟盗跖的形象泾渭分明的哥哥——打过招呼，然后去寻盗跖，劝他弃恶从善。盗跖称那些留名青史的明君贤臣，在自己眼中其实都是虚伪可耻的。例证之一，便是鲁国有个尾生，与自己心仪的女子约定在桥下见面，女子迟迟不到；结果暴雨突降，河道中原本的涓涓细流顿时变成了滚滚奔涌的洪水，尾生为了不失信约，抱着桥柱继续等待。最后，洪水退去，人们在桥下发现了尾生的尸体，依然保持着紧紧抱着桥柱的姿势。尾生守信的故事在《史记》《战国策》《淮南子》等典籍中亦有出现或引用，后世诗家对于“尾生抱柱”一典更是推崇备至，如南朝梁萧衍《秋歌》，“当信抱梁朝，莫听回风音”，唐李白《长干行》，“长存抱柱信，岂上望夫台”，唐温庭筠《答段柯古见嘲》，“尾生桥下未为痴，暮雨朝云世间少”等等。然原本为了说明当守信义的故事，慢慢被狭义理解成为爱痴狂，不得不说实在令人啼笑皆非。

在《裴航》这个故事里，并非讨论尾生的出发点是信义或者爱情，而是要由那座尾生与女子相约的小桥说起。有学者称，《西安府志》中所记蓝田县兰峪水上的桥便是蓝桥。20世纪40年代，好莱坞翻拍根据百老汇舞台剧改编，由罗伯特·泰勒和费雯·丽领衔主演的电影*Waterloo Bridge*大获成功，不久被引进中国公映，发行方对于片名直译《滑铁卢桥》不甚满意，在广泛征集和再三斟酌后，影片被定下一个极为本土化的名字，也就是今天能为大众熟知的《魂断蓝桥》，溯其根源，还是出自尾生一典。

《裴航》故事发生在唐穆宗长庆年间，主要情节发生地便在蓝桥，这里的蓝桥，是蓝田东的蓝桥驿。在引出蓝桥驿前，还有一段小小的前缀。秀才裴航科考不第便去长江中游鄂州一带游玩，顺道寻访故旧崔相国。崔相国赠给裴航二十万钱，故而裴航在回京城时便雇了一艘大船沿湘水、汉水行进。同船的还有一位绝色美妇名樊夫人，言语行止之间令裴航心生爱意。裴航托樊夫人的侍婢袅烟传诗："同为胡越犹怀想，况遇天仙隔锦屏。倘若玉京朝会去，愿随鸾鹤入青云。"见樊夫人迟迟没有回应，裴航又开始新的一轮行动攻势，只要遇到停靠岸边的机会，就会亲自去采买鲜果珍酿献上。樊夫人出于礼数，召唤裴航到近前，掀开帷幔与之相见。裴航顿时眼前一亮："玉莹光寒，花明丽景，云低鬟鬓，月淡修眉，举止烟霞外人，肯与尘俗为偶。"在令人难以直视的清丽美貌之后，一看便知樊夫人绝非凡俗，令裴航不由得呆了。

樊夫人告诉裴航，自己夫君现在汉南，欲弃官入山修道，自己此番是去告别的，想到夫妻永诀，心中烦乱异常，哪还有心思顾盼他人？但见裴航一片诚挚，故而要亲口对裴航说，不要再起这样的心思了。裴航面色大惭，口中连道不敢。随后，樊夫人让袅烟回赠了裴航一首诗，云："一饮琼浆百感生，玄霜捣尽见云英。蓝桥便是神仙窟，何必崎岖上玉清。"裴航不解其意，但终究没有再问。船只停靠襄阳时，樊夫人带着袅烟悄然离去不辞而别。裴航令船工四处寻觅，都不见踪迹，只好悻悻地继续向京城前行。

这一日，裴航收拾行装弃舟登岸，来到蓝桥驿附近，忽觉口渴难耐，便下了大道，寻到三四处茅舍边。其中一户人家门前坐着个老婆婆，手里正在搓麻绳，裴航上前施礼想讨口水。老婆婆回身向屋里喊道："云英，盛碗水来，有客人要喝！"少顷，只见门帘一动，帘内伸出了一双纤若柔荑、细如葱白的玉手，捧着个瓷碗递出来。裴航连忙上前接过，鼻息间顿感清香四溢，入喉后更觉精神顿生。这碗水，和捧来水的那双手，令裴航猜想帘后女子必定亦是如姣花照水、弱柳扶风，裴航借着送还瓷碗的机会掀开帘子，见房中女子"露裛琼英，春融雪彩，脸欺腻玉，鬓若浓云"，袅娜娉婷宛若天仙。女子被裴航突如其来的举动惊得急忙抬起衣袖盖住脸，闪身躲到一旁。即使这个举动，在裴航眼中亦是犹如隐于空谷的幽兰，依然藏不住其清丽芬芳。

如此惊鸿一瞥，令裴航心中震荡不已："云英"，这不就是樊夫人诗中提到的名字吗？难道赠诗的首句"一饮琼浆百感生"会与今天的情景有什么关联？那"玄霜捣尽"又该作何解释呢？老婆婆在身后一声轻咳，让裴航意识到自己的失态。但他此时已下定决心要多逗留一番，务求探得女子家世，若能了了自己抱得美人归的心愿便没有什么可遗憾的了。想到这里，裴航回身答谢老婆婆赐水之谊，随即称自己与仆从舟车劳顿疲累不堪，希望能在此多歇息一阵。老婆婆看出裴航得陇望蜀的心思，点点头答应，也不多问，只等裴航自己沉不住气。果然，裴航草草吃了饭后，又凑到老婆婆身边，问起房中女子的情况。老婆婆告诉裴航，那是自己的孙女，两人在这里相依为命。她已经许了人家，只是迎亲的日子还没到罢了。裴航听了大失所望，但又不死心，便诚恳地向老婆婆表达自己迷恋房中女子，希望能以重金为聘礼娶她为妻的心意。老婆婆想了想，说："昨天有仙人路过此地，见我年老体衰，就送给我一些丹药，说服下去可以与天地同寿。但是在服食前，必须用玉杵臼捣上一百天。若是你能替我找到玉杵臼，我就把孙女许配给你。至于你说的什么金银财帛，我才不稀罕。"

裴航虽不知玉杵臼到底为何物，该去哪里找寻，但如今毕竟有了一丝希望，遂与老婆婆约定以百日为限，自己到时定会带着玉杵臼回来。随后，裴航快马赶到京城，开始在坊市间四处寻找玉杵臼。如此过了一个多月，玉杵臼没有寻到，但长安城里的人都知道有个书生一心寻觅玉杵臼的事。终于有一天，某个卖玉的老人告诉裴航，说自己知道虢州某家药铺有玉杵臼，裴航立刻动身前往虢州，一路跋涉至老翁所言的药铺，果然见到玉杵臼。虽然掌柜开价二十万钱，但裴航还是倾尽所有买了下来。

待裴航风尘仆仆赶回蓝桥寻到老婆婆，已是孤身一人且身无分文。老婆婆见了他也十分高兴，连连赞叹没想到世间还有如此守信义的人，自己当然也要兑现先前许下的诺言才是。裴航一听，喜不自胜，直道好事将近。但老婆婆的孙女却笑着说，虽然裴航已经劳过心寻到玉杵臼，但还要请他再劳些力捣药一百天，才能商议婚嫁之事。这自然难不倒裴航，自此，每天白天裴航都要辛苦捣药，直到晚上筋疲力尽才去休息；而这时老婆婆则会把玉杵臼拿进内室。一天晚上，裴航在迷迷糊糊中隐隐听到内室似乎也传来捣药的声音，不禁心生好奇，悄悄起身去内室外墙边，从窗缝向里偷窥。这一看着实吓了裴航一跳，只见屋子中竟是一只玉兔手里握着药杵在继续捣药。玉兔周身还散发着清寒的光辉，将屋中映得雪亮。裴航这才知道老婆婆祖孙并非凡人，自此对于捣药一事更加不敢懈怠。

百日之后，老婆婆服下仙药，并安排车马将裴航接到山中一处华丽的府第。裴航早知老婆婆乃是仙家，也不感吃惊。待仙童和侍女引领裴航两个完成婚仪后，老婆婆告诉裴航，他本是汉时清灵真人裴君玄仁的后代，因此早晚要走上求道成仙的道路，现在机缘已经成熟。随后，老婆婆为裴航引见婚席上的宾客，大多是仙界中人。最后一个女仙头顶梳着环形发髻，身上穿着彩云做成的衣衫，老婆婆介绍说那是新娘的姐姐，裴航看她依稀有些面熟，但又实在想不出在哪里见过，于是仍旧规规矩矩地行礼。女仙答礼后，笑着开口道："裴郎这么快就把我忘了吗？"裴航脸上一红，赶紧回答说，今日方才与妻子家的诸位亲属见过，哪里敢想从前还识得这么一个非同凡响的人物。女仙笑得更开心，继续向裴航说："从鄂州到襄阳，同舟的日子也不短啊。"裴航大吃一惊，抬起头来仔细打量，这女仙正是樊夫人。旁边的侍女对目瞪口呆的裴航说："我家主人是仙君刘纲的妻子云翘夫人，如今已在玉皇大帝左右担任女官了。"刹那间，裴航回想起两人在舟中共处的一幕幕情景，明白樊夫人赠诗时早已料知今日的结果，故而将自己未来的际遇都写在诗中，不禁惭愧非常，连忙又是一拜。

成婚后，老婆婆让裴航带着妻子住在玉峰洞内，但见琼楼珠室，别有洞天。从此，裴航也与仙家一同以绛雪、琼英等丹药为食，不久便觉得身轻体畅、心境澄明而跻身群仙之列。

唐文宗大和年间，裴航的故旧卢颢在蓝桥驿附近偶遇裴航，向他求教修道升仙之事。裴航送给卢颢十斤蓝田美玉及一粒仙丹；卢颢苦苦请求裴航能指点他一些修行的心法。裴航推脱不得，便告诉卢颢说，当初老子留下的五千言即是一部天梯，但很多人并不能理解其中真意。老子告诫世人，应当"虚其心，实其腹"，心里不要存有那么多在人世间忙碌算计的想法，这样才能清心寡欲，符合天道的法则和自然的规律。卢颢仍旧不解，裴航于是摇摇头，告诉卢颢说，看来他的悟性还远远不够。自从这次之后，就再也没有人见过裴航。

有关蓝桥的故事就这样结束了。没有生离死别，没有荡气回肠，也缺少那种常见的人神恋套路。裴航与云英没有《搜神记》里董永与天女的坎坷，没有《高唐赋》《神女赋》中楚怀王与巫山神女的旖旎，又不似《搜神记》《幽明录》中刘晨、阮肇入天台遇女仙的平淡，《列仙传》中萧史、弄玉双双飞升的灵异，《青琐高议》里曹文姬与任生宿命使然的奇幻。所以，《裴航》故事并非卿卿我我的爱情小说，而是一篇返本归真的喻世范例。樊夫人回赠裴航的诗，颇有韩湘子预言韩愈命运那句“云横秦岭家何在，雪拥蓝关马不前”的味道。樊夫人也好，老婆婆、云英也罢，都早已预知裴航终会名列仙班的结果，但她们还是要耐心地看着裴航按部就班地把自己需要经受的磨难与考验完成。从老婆婆在裴航成亲时对他说的“裴郎自是清灵裴真人子孙，业当出世，不足深愧老妪也”足以看出，裴航祖上的传承铸就了他自身的根基，因而走上修仙之路是早晚的事，需要的只是一个契机。而裴航与群仙一同生活并服食丹药后，“神化自在，超为上仙”，故事至此，已经完美地交代了裴航的结局，可以顺理成章地收尾了。但后面却跟着一段卢颢在蓝桥驿与裴航相遇的补续，其意义当为借两人的对话，阐述“虚其心，实其腹”之理。“今之人，心愈实，何由得道之理”，心里塞满了在人世间争名逐利的想法，自然没有空间再去寻访生命真谛，所以古往今来得道的人凤毛麟角也是情理之中。

后世文人看待这则故事的眼光大多聚集在其中爱情场景，除如苏轼《南歌子》“雨暗初疑夜，风回便报晴。淡云斜照著山明，细草软沙溪路、马蹄轻。卯酒醒还困，仙村梦不成。蓝桥何处觅云英？只有多情流水、伴人行”这样的词作外，收录和改编《裴航》故事的还有宋皇都风月主人《绿窗新语》中《裴航遇蓝桥云英》，宋话本《蓝桥记》，元庚天锡杂剧《裴航遇云英》，明龙膺的《蓝桥记》、杨之炯《玉杵记》，清黄兆森的《裴航遇仙》等。

裴铏《传奇》中，裴航与云英虽不再出场，但樊夫人却在同名故事《樊夫人》中与夫君刘纲一道专门亮相了一次。其时刘纲为上虞县令，道术已有小成，可以预知变化驱使鬼神，治下百姓亦丰衣足食安居乐业。

平日里，刘纲的娱乐便是与夫人比赛法术。两人一同坐在堂上，刘纲掐指令磨房忽地燃起大火，樊夫人念咒则火焰立熄；或者两人各自驱使院子中的两株桃树攻防争斗，最后总是刘纲的那一株败北。刘纲向一个大盘子中吐口唾沫，唾沫即刻变成了鲤鱼，樊夫人也随之唾一口，变出水獭，捉住鱼一口吞下。某次两人出行至四明山，途中遇见老虎，刘纲上前呵斥一声，老虎便不敢再前进半步；但当刘纲正要拔腿行走时，老虎却凶相毕露起身拦阻。樊夫人见状亦快步上前，老虎见了她连忙垂眉低首，任樊夫人把它像宠物一样用绳子牵走。诸如此类的斗法，每次刘纲都会输给樊夫人。即使在两人修行完满白日飞升之时，刘纲也要先爬上县衙内的一棵大皂荚树，待距离地面数丈之后方能飞起。而樊夫人则在地上盘腿打坐静心调息，不多时即如同云气升腾一样冉冉起空，飞天而去。

在唐德宗贞元年间，湘潭有位从不对别人提及自己姓名的老妇，平日常以丹书符箓为乡里治病，因此当地人都很敬重她。老妇看似年纪不小，但肤白如雪鬓黑如云，有人见她虽走路也要拄着拐杖，可一天居然可以行进几百里。某天，老妇在乡间见到一个正挎着筐子采菊花的少女，名叫逍遥。老妇便让逍遥跟着她回家修道，逍遥高高兴兴地答应下来，任其父母如何阻拦也不改变心志。

几年后的某一天，忽然老妇对诸位乡里说，她急着动身去洞庭湖救一百多人的性命，问谁能尽快帮她准备一艘船。乡人中有一个叫张拱的富户，素来对老妇深感敬仰，立即备下大船，并亲自驾船送老妇前去洞庭湖。一路疾行到了岳阳，张拱远远望见洞庭湖中君山岛周围竟竖起了一座雪白的城墙，里面则传来阵阵哭喊求救声。待船来到岛边，张拱发现那座白城似乎是活物一般，竟慢慢在缩小，而里面的哭叫声愈发惨烈。张拱随老妇快步登上君山岛，但见老妇取出随身佩剑，按斗宿之象走了一套步法，又在口中含了一口水用力喷出，同时把手里的剑抛向那座白城。顷刻间白城发出一声霹雳般的吼叫，随后只见血污如同喷泉般四处飞溅，白城即告崩塌。张拱仔细一看，那白城竟是一条巨大的白鳄，蜷曲的尸身有十多丈长，老妇的剑正插在它的胸口，里面被围困的有一百多人。

众人纷纷上前向老妇叩谢救命之恩。张拱一问之下，方才得知原来就在头一日，有艘船遭遇风浪，在君山岛旁沉没，船上的几十家人无法，只好登岛等待路过的船前来搭救。因腹中饥饿，他们打死了一只一丈多长的白鳄，取肉分食。不想今天就被这突然出现的白城围困。白城越缩越小，已经挤死了几个人，最后缩到只余下数丈宽的距离。若不是老妇及时赶到，一百多人怕尽数都要惨死此处。现在大家知道这乃是被吃掉的那只白鳄的家人前来寻仇的。老妇也不多言，只是命张拱即刻回程。众人大哭着苦苦挽留，一定要倾尽家资酬谢老妇。这时，一个同样赶来岛上的道士招呼老妇道：“樊姑，你是什么时候来的？”老妇转身一看，脸上露出一丝笑意，与那道士一边叙谈着一边上船离开君山岛。待道士登岸，张拱悄悄问他老妇的来历。道士对张拱居然不知道老妇的身份颇为吃惊，告诉张拱说：“她便是刘纲真君的妻子樊夫人啊！”

回程路上，张拱始终想问问老妇仙家道术的秘诀，但每次话到嘴边时，抬头看见老妇和蔼中有些许严厉的目光，便都活生生咽了回去。两人回到湘潭，下船后，老妇谢过张拱，依旧飘然而去，生活起居仍与平日无异。但老妇乃是女仙樊夫人的消息在乡里则暗暗传开。过了不久，老妇带着逍遥离开那里，不知所终。

按照《裴航》《樊夫人》两篇故事的时间所记，樊夫人化身老妇除妖救人当在遇到裴航之前，因此这老妇形象自然不是她本来面目，而与裴航同舟、称急于与夫君相见的美妇自然所言亦是托辞。无论是老妇对于逍遥，还是樊夫人对于裴航，目的都是为了寻到根基适合修仙的人，唤醒其内心沉睡的记忆，而走上一条真正的回归之路。道家甄选徒弟条件苛刻，故而可以显露各种道行法术点化救济，这一点与佛家的广开大门普度众生又截然不同。虽殊途却同归，只要能寻求到内心真正的安宁，脱离亦真亦假的尘世，寻到人生的终极真理，终究都是件好事。

三

相思相见知何日，此时此夜难为情

——爱情故事

聂隐娘（据清任熊《三十三剑客图》）

“越女采莲秋水畔。窄袖轻罗，暗露双金钏。照影摘花花似面。芳心只共丝争乱。”能将少女情窦初开时那种期盼与羞怯描写得活灵活现的词作，欧阳修的《蝶恋花》绝对是其中之一。

帝王将相，才子佳人，海誓山盟也好，薄情寡义也罢，冥冥之中一切缘怨都早已注定，该来的时候即会来，该走的时候即会走，人间万事无一例外。不论是情深缘浅，抑或陌路同途，痴男怨女的悲欢离合总是令闻知其情的人或展颜，或欷歔，这便是唐传奇中的爱情。

星汉西流夜未央

——《长恨歌传》

我爱你不是因为你是谁，而是因为我在你面前可以是谁。

——《剪刀手爱德华》

《长恨歌传》这个故事太有名了，因为再不了解历史的人也不会不知道杨贵妃，再对古诗词没兴趣的人也会听过“在天愿作比翼鸟，在地愿为连理枝”两句诗。如果只把这个故事看作是帝王将相才子佳人的封建糟粕，那么就再一次不负责任地给唐玄宗与杨贵妃扣上了阶级脸谱，忽略了他们真实的一面。他们在对方面前都可以安之若素地显露原本的自己，也可以从对方的眼神中得到鼓励和肯定。假使抛去他们头上金光闪闪的名衔，对于相知的爱侣来说，如此的信任与默契，夫复何求？那么，不妨从这个故事里再重温一次久违了的刻骨铭心与荡气回肠吧。

在“泰阶平，四海无事”这样必不可少的客套话之后，《长恨歌传》开篇便说唐玄宗“在位岁久，倦于旰食宵衣，政无大小，始委于丞相。稍深居游宴，以声色自娱”。因为唐玄宗个人生活需要，所以文章开始介绍他的女人们“先是，元献皇后武惠妃皆有宠，相次即世。”这为杨玉环的出场做了充足铺垫。唐玄宗曾有三个皇后，但只第一任算名正言顺，后两个全是死后追谥的封号。王皇后是他为临淄王时的王妃，玄宗登基后自然水涨船高成为皇后，但因其没有子嗣，担心失宠而在宫中行巫蛊之事，被废为庶人。元献皇后是玄宗做太子时所纳的良媛，唐肃宗的生母，开元十七年（729）病逝。贞顺皇后武氏为武后族侄武攸止之女，开元十二年（724）王皇后被废后进号为惠妃，生寿王李瑁。后诬陷太子李瑛与鄂王李瑶、光王李琚结党谋逆，致使三人被赐死。而武惠妃自己不久也病亡，赠谥贞顺皇后。三个皇后里武惠妃得宠确有其事，而且一度是专宠。在玄宗还是临淄王时，赵丽妃、皇甫德仪、刘才人等雨露均沾，分别生下李瑛、李瑶、李琚三子。当临淄王成了天子，则不但赵丽妃“恩乃见弛”，连皇甫德仪和刘才人也是“亦渐疏薄”。由此看出，元献皇后杨氏实则一直处于半红不黑状态，并没有特别地受宠过。故将其与武惠妃并列说她们“有宠”，乃是艺术性的夸张。虽然玄宗喜爱过的女人们“相次即世”，但这时真正令他心里产生震动的生离死别只有武惠妃一个。对于武惠妃的离世，“上悼念不已”，从而引发其“后宫数千，无当意者”的倦怠。由此，“绝世无双”的杨玉环方才在高力士的推荐下千呼万唤始出来。那时的杨玉环已是寿王李瑁妃，玄宗的儿媳，因此召她入宫颇花了一番心思。玄宗先以太真为号令她做了女道士，随后才召进宫来成为自己枕边人。这应当是开元二十八年（740）的事。天宝四载（745）杨玉环被册封为贵妃。

此时的玄宗再不是当年神龙宫变时那个意气风发踌躇满志的小伙儿，活了大半辈子的盛世天子觉得自己有资格享用一下亲手创下的优秀成果。毕竟大唐帝国还是供得起天子吃住玩儿的，而且玄宗的玩法基本不会扰民。比如和嫔妃玩，地点就在皇家花园，首先让老婆们头上插满鲜花，然后自己动手抓一只蝴蝶，再放飞，蝴蝶停在谁的头上，今天晚上就住谁的房间。类似的游戏还有老婆们在自己一二三的发令之后，谁先抓住萤火虫自己就去临幸谁；或者更简单的，自己投掷香囊，砸到谁就临幸谁。

自从玄宗得到了杨贵妃之后，后宫其他佳丽基本就没啥机会被万岁爷临幸了。这让一个一直被史家因为其是否存在而争论不已的人颇为恼火，她便是福建人江采苹。江采苹早在武惠妃在世时就已进宫，后被封梅妃。史书上说她体形偏瘦，写得一手好文章，而且吹笛子和跳舞也不错。在杨贵妃抢了梅妃的风头后，梅妃心有不甘，写了首诗，说：撇却巫山下楚云，南宫一夜玉楼春。冰肌月貌谁能似，锦绣江天半为君。把杨贵妃讽刺得够呛：你什么都不如我却越爬越高，你这个如满月般的大脸盘子，至多算是皇上吃惯了海鲜，冷不丁换换豆腐乳尝尝鲜的配菜吧。杨贵妃看到这首诗，毫不犹豫地反唇相讥：美艳何曾减却春，梅花雪里减清真。总教借得春风草，不与凡花斗色新。说梅妃这种骨感型的已经过时，自己才是盛开的鲜花，犯不上跟你这株狗尾巴草较劲。玄宗看到这两首诗后，连连夸赞杨贵妃那首写得好。为啥呢？第一，杨贵妃现在正得宠，天平往那边倾斜属于情理之中；第二，梅妃的诗过于写实，你讽刺杨贵妃不要紧，但是别忘了这一棒子也揍到了玄宗身上。同时，杨贵妃和梅妃两人也常常背地里对骂，杨贵妃说梅妃是“梅精”这倒没啥，因为“梅精”这个绰号是玄宗给起的，虽然从杨贵妃嘴里出来明显是贬义，但起码不会被扣上人身攻击的大帽子，而梅妃暗里称杨贵妃为“肥婢”就显得有点激进。最后杨、江二人争宠的结果自然是梅妃落败，落败的表现就是梅妃被迁往上阳东宫居住。

梅妃想起西汉时陈阿娇重金聘司马相如写下《长门赋》，打动了汉武帝的事，就也请高力士帮忙找人写感人小文章，此时杨贵妃正受宠，谁敢冒险去帮助一个坐冷板凳的过气明星呢？梅妃就自己动手写了篇《楼东赋》，玄宗睹物思人，派人给梅妃送去一斛珍珠，梅妃不但没收珍珠，还托来使带回来一首诗：柳叶双眉久不描，残妆和泪污红绡。长门尽日无梳洗，何必珍珠慰寂寥。玄宗一看，感慨万分——但也仅限于感慨，会见作者的程序是决计不敢的——当即找人谱上曲子，起名《一斛珠》，作为皇家音乐会的保留曲目，当然在融舞蹈、音乐、杂耍、动物演出于一体的宫廷音乐会上，压轴的还得是杨贵妃的《霓裳羽衣舞》。

“朕得杨贵妃，如得至宝也。”玄宗这句话可不是一时兴起，他与杨贵妃时时刻刻都显出无比恩爱的模样。当然他们不需要故意去秀，有那些循规蹈矩的官员和猎奇取巧的文士已争先恐后地记录下郎情妾意的温馨场面。

《开元天宝遗事》中记：某次玄宗酒醉初醒，在华清宫庭院内倚在杨贵妃肩上一同赏牡丹。玄宗亲自折下一枝，让杨贵妃闻它的香气。某个端阳节，玄宗与杨贵妃白天在兴庆宫水阁内共拥红绡帐。不少宫嫔都拥在栏边看并游的水鸟，玄宗得意地对众人说：“你们只愿意看那水里的㶉鶒，可知它们哪及得上我们这对被底鸳鸯？”八月间，太液池中盛开千朵白莲，玄宗设宴与重臣贵戚在池边赏花。在大家众口一词夸赞莲花时，玄宗则指着身边杨贵妃对大家说：“莲花纵然美，可又怎能比得上我身边这解语花呢？”某年冬至，大雪初霁。屋檐结下一根根的冰柱，杨贵妃取下几根把玩，散朝后的玄宗见了，问她手里拿的是什么。杨贵妃答是冰筷子。玄宗环顾大笑，告诉左右说：“还是我的爱妃集聪慧与可爱于一身啊！”

当然，最能凝练概括又不失生动来叙述两人恩爱的，莫过于白乐天的《长恨歌》：“云鬓花颜金步摇，芙蓉帐暖度春宵。”据说在杨贵妃正式得到贵妃名分那晚，玄宗就曾亲自将一只丽水所制、造价不菲的金步摇插到杨贵妃的云鬓上。而且，当时为杨贵妃提供生活起居服务的人员号称有数千人，仅织锦一个岗位就有七百人，这还不算诸如从岭南送荔枝的编外特派员们。

“春宵苦短日高起，从此君王不早朝”，当皇上最大的好处就是不必朝九晚五地苦守周末，想上班就出来露露脸，不想上班就宅在后宫，谁有急事直接内线电话联系。玄宗不早朝还有一个特殊的原因，他自认为身边有个得力帮手，谁呢？就是被誉为“口有蜜，腹有剑”的一代奸相李林甫。后来玄宗也觉得李林甫过于一手遮天，所以提拔了大舅子杨国忠当宰相。

“姊妹弟兄皆列土，可怜光彩生门户”，“皆列土”是都有官职和封地的意思。杨贵妃带头致富不忘姊妹，推荐自己的三个姐姐也入宫侍寝，三个姐姐分别被封为秦国夫人、韩国夫人和虢国夫人，沾光的弟兄中爬得最快、升得最高，最后也摔得最狠的自然就是那个千里迢迢来认亲的族兄杨国忠，其他人像杨铦、杨锜、杨倨、杨铸和杨国忠比起来就是小巫见大巫。诸杨之中，最受宠的是四女一男五个人，每有番邦进贡的珍品，玄宗都少不了赏赐这五大家。五大家钱多得都不知道该怎么花，炫富最好的方法莫过于盖房，他们几个的府邸选址都在都城靠近皇宫的黄金地段，规模宏大富丽堂皇。号称每建一堂则耗资数千万，而一旦发现别家建筑较自己更豪华时便毁掉重建。

这样的太平气象一直持续到天宝十四载，那一年的十一月，安禄山造反了！虽然安禄山认了杨贵妃当干娘，但他最后还是被“干舅”杨国忠逼得从范阳起兵作乱。安禄山怕李林甫不假，但是他可不怕杨国忠，而且打心眼儿里瞧不起杨国忠。杨国忠也时常在妹夫跟前打这个不听话的“杂胡”的小报告。小报告，自然就是只有小人才会去打的报告，见不得光。而安禄山的做法就聪明得多，每次进京除了带足土特产外，一个大肚子里装的全是笑话家常之类无关痛痒的闲话，每次也都能把干爹干娘乐得前仰后合。越是这样，杨国忠就越生气，不停地说安禄山会造反。为了验证自己预言的真实性，杨国忠不但在朝中阻止玄宗提拔安禄山，还派人查抄安禄山在京城的住宅，处死了安禄山的亲信。安禄山原本还有点感激玄宗的知遇之恩，想等玄宗咽气儿之后再动手，现在一看，也不用等了，再等下去估计脑袋都保不住了，于是有“渔阳鼙鼓动地来，惊破霓裳羽衣曲”。

坊间传说总是喜欢挤眉弄眼地强调杨贵妃与安禄山的私情，言之凿凿的理由在于大唐的风气甚是开放，像玄宗可以临幸儿媳妇，虢国夫人与杨国忠扯不清的关系都成了杨贵妃与安禄山应该有染的理论根据。宋代司马光在《资治通鉴》中记载的杨贵妃为安禄山“洗儿”一事更成为两人暧昧的佐证，但他记录的根据不是正史，而是出自民间为了寻求精神刺激的手抄本。安禄山暗恋杨贵妃倒是有可能，否则后来安禄山也不会“闻马嵬之死，数日叹惋”。杨贵妃虽然曾经与玄宗的哥哥差点也发展成情侣，但那毕竟是皇族的事，属于人民内部矛盾，至于她和安禄山，则难有两人私密往来的动机。

不管怎么样，安禄山终究是反了，而且进军速度很快，半年就到达长安城下。天宝十五载（756）六月十三日大清早，玄宗带着以杨贵妃为首的部分后宫佳丽、皇子皇孙，在当年曾助他诛杀韦氏、安乐公主的那位禁军龙武大将军陈玄礼护卫下，天刚刚亮便悄悄由延秋门出长安城，一路向西奔逃。

中午，大队人马来到四十多里外的咸阳，玄宗本想在咸阳县令准备的欢迎午宴上发表重要讲话，但进了咸阳才发现，不仅午宴没准备，连县令也早就跑得没影儿了。因此据说那顿午饭玄宗一干人吃的是高力士从街上买的芝麻蒸饼，属于忆苦思甜。快餐过后拔腿再走，故事就到了高潮。禁军在兴平马嵬坡再次停下歇脚时，陈玄礼先在禁军中进行了一番慷慨激昂的演讲，效果不错，大家一致公认是杨国忠把大唐弄得乌烟瘴气以致有现在的兵灾；随后陈玄礼通过东宫的宦官李辅国向太子李亨表达了想诛杀杨国忠的意思，得到太子默许，于是第二天，杨国忠丢了脑袋，他的老婆孩子也分别丢了脑袋。哗变之后，玄宗亲自出驿站慰问将士，将士们也不傻，知道现在是迫于情势，宰相被杀了也就杀了，但是宰相的妹妹还在皇上枕边，等消停下来难保不秋后算账，于是嚷着也要杀了杨贵妃才安心。“君王掩面救不得，回看血泪相和流”，玄宗现在不舍得也得舍得。在宋人的小说里，杨贵妃接到赐死的口谕后，与玄宗见了最后一面，随即在佛堂里被高力士缢死。陈玄礼检查了尸首并向外面的将士们通报过之后，禁军才继续护卫着玄宗向蜀地行进，杨贵妃的尸体被高力士安排埋葬在路边。

据说有个颇具商业头脑的村妇在那附近捡到杨贵妃的一只锦丝袜套，不久就把自己的农舍改成了展览馆，门票价格是一百文钱。不久，农妇就成为当地“一部分人先富起来”的代表。而当叛乱平定，玄宗大驾回长安途中，在草草掩埋杨贵妃的地方却没有找到杨贵妃的尸身，只余下一枚香囊，即“马嵬坡下泥土中，不见玉颜空死处”。

杨贵妃是不是真的死在了马嵬坡，后世众说纷纭。在东邻更有她辗转逃到日本的说法，但说她在日本留有后代一节则不合情理，杨贵妃与寿王李瑁、玄宗李隆基都没有生下一男半女，总不会远渡重洋之后便基因突变，只能说日本对华夏大地上曾经出现过的盛世气象敬仰至今。日本茶道的国宝级物件有一个初花肩冲，号称就是从前杨贵妃用过的头油盒，其优美的姿态像刚刚绽放的花朵，因此日本战国时期的足利义政将军以“初花肩冲”为其命名，后来相继拥有它的织田信长和丰臣秀吉也都视之为珍宝。提出杨贵妃东渡日本观点的学者，其根据之一是经马嵬坡之变后，陈玄礼依然得到玄宗重用，并未受到处罚；或者此事从中斡旋的其实是高力士，他只是令杨贵妃暂时因缺氧而昏迷，杨贵妃苏醒后在舞伎谢阿蛮和乐师马仙期的陪伴与护送下，先悄悄前往襄阳，随后顺江而下到了扬州，乘遣唐使的海船登陆日本山口县。这也就是为什么白居易说“排空驭气奔如电，升天入地求之遍。上穷碧落下黄泉，两处茫茫皆不见”的原因。但诗人的作品总是有无尽的想象力和浪漫主义色彩，因此杜甫、李益也好，杜牧、白居易也罢，他们的描述终究不能作为最终断定杨贵妃的死法或到底死没死的有力证据。相对来说，日本历史小说家井上靖的《杨贵妃传》以杨贵妃被缢死佛堂作为小说结尾，反而显得保守谨慎得多。

马嵬坡之变，不少学者认为，太子李亨才是真正的幕后主导，陈玄礼只是具体的执行者。也有分析称其实策划者是高力士或者李辅国。无论如何，都可以算是直接针对擅权误国的杨国忠，间接批驳唐玄宗用人失察的一个联合行动，它也标志着大唐帝国的鼎盛时期落下了帷幕。

关于杨贵妃的籍贯，历来有广西容县、山西蒲坂、河南陕县以及蜀地多种说法，虽然容县说最盛，但仍不能确切定论。这想必就是传奇女子的最大特点，无论是生前还是死后，都会给人留下无数扑朔迷离的猜测。

六年后，玄宗在孤寂与忧愤中驾崩。如果说杨贵妃的死是疑云重重的话，那么玄宗的死则是在众目睽睽之下，想造假都不行。六年之中，他经历了让位给儿子李亨、被尊为太上皇，返回长安，被软禁在太极宫等几件大事，而自马嵬坡之后便郁郁寡欢的玄宗无时无刻不在想念杨贵妃。除了杨贵妃自己“善歌舞，通音律”之外，能让经历过惊涛骇浪的玄宗过上轻松舒心的日子，成为玄宗晚年身边的艺术知音和精神伴侣，才是杨贵妃为玄宗所重的原因。也正因杨贵妃的不可替代，才有“临邛道士鸿都客，能以精诚致魂魄”的后续。按《太平广记》的记述，道士名叫杨什伍，幼年时曾遇高人向他传授可以召唤鬼神、驱瘟避疫的法术。玄宗为杨什伍设下道场，请他寻找杨贵妃的下落，杨什伍在地府与九重天界中都没有找到杨贵妃的踪迹，后来在东海蓬莱山顶群仙居住的南宫西庑，遇见一名叫太真的上元女仙，她告诉杨什伍说：玄宗本是太阳朱宫的真人，而自己是上元宫天帝的侍女，因为两个人起了凡念，因此双双被贬下凡，一个转生成玄宗李隆基，另一个则转生成杨贵妃。待到玄宗完成在人间的使命回归本位时，两人即可再次相见。说完，女仙还拿出玄宗在开元年间赐给她的金钗和钿盒各一半及一个玉龟子，作为凭信让杨什伍带回，并请杨什伍转告玄宗，说他见了这几件东西就会明白一切的因果了。

玄宗见到金钗等物件，想起曾经与杨贵妃深情款款的誓约，更是睹物伤情，然而他也知道儿女情长、因缘果报非人力所能改变，唯有修行方能破迷得正果，就向杨什伍请教修道的事情。杨什伍说："当年师父在传授我法术的时候，特别告诫我要养气少言、目不妄视、绝声利、远嚣尘，这样才可以超三界、登太清，而当形体与道完全融合在一起的时候，便可以没有任何阻挡往来自如，道又是无处不在，细到毫芒，大到万物，都有道在其中。"玄宗听了，也明白冥冥之中一切缘怨都已注定，该来的时候即会来，该走的时候即会走，人间万事自有定数，不禁若有所思。

《长恨歌传》的故事到这里就结束了，它的作者陈鸿也当真达到了"史籍中没有我很多的痕迹，但是我已经写过"的境界。即使留下了这篇文情俱佳的《长恨歌传》，也被白乐天那脍炙人口、老少咸宜的《长恨歌》的光芒所掩盖。当然，能够让这个故事代代相传的一个最大原因，还是因为男女主人公那特殊的身份和别样经历铸就的"天长地久有时尽，此恨绵绵无绝期"的悲情结局。

草木摇落露为霜

——《霍小玉传》

我相信死亡只是一扇门，当它关闭时，另一扇就会打开。

——《云图》

霍小玉的这扇门关闭了，同时也确确实实打开了另一扇，开得很离奇、很彻底，同时，她还在门里不停地向曾经的爱人李益招手……

列夫·托尔斯泰在《安娜·卡列尼娜》中开门见山地说："幸福的家庭都是相似的，不幸的家庭各有各的不幸。"列翁明明白白地告诉大家，自己笔下这个故事肯定是讲不幸的，而且是层出不穷的不幸，保证您买得放心，看得伤心。唐人的众多传奇也是一样，只有抓住各种不幸，才能抓住后世诸多看官的心。《霍小玉传》被胡应麟称为"唐人最精彩动人之传奇"，其精彩动人之处，或许就是将传奇大体区分的爱情、侠义与神鬼三类内容完美地糅合在一处，不满足于用单纯的不幸为故事画句号，且不忘了借实实在在的人物处所，营造出一种虚中实、实中虚，真真假假、假假真真的气氛。

故事的男主角为陇西李益，也算大族中人。二十岁就进士及第，说明其确有真才实学。那年夏天，李益来到长安等着授官，暂居外郭城东墙偏南延兴门的新昌坊，乐游原、青龙寺都在这附近。李益平日呼朋唤友吟诗作对，白天自然可以安享众星捧月的虚荣，但夜深人静之时仍感寂寞难耐。于是赶紧寻觅个可以日夜陪侍的伴儿一事就被李益提上了日程。长安城中有一个远近闻名的媒婆鲍十一娘，她原是驸马家的奴婢，在华丽转身为自由人之后，凭着性情开朗能说会道，已成为小有名气的百事通。在不时就会收受李益送来的财帛钱物后，自然对帮助李益这样的才子找到一个相匹配的佳人一事时刻留心。

几个月后的某天傍晚，李益正在居处闲坐，忽然外面响起急促的叩门声。来人正是鲍十一娘。鲍十一娘兴致勃勃地告诉李益，有个仙女下凡一般的佳人，不重财物重才情，正好与李益相配。李益大喜，忙问这女子的来历居处。鲍十一娘告知，此女乃本朝袭封霍王的小女儿，名为小玉。因其母出身微贱，故霍王离世不久，母女二人分到些资财后被逐出王府。外人虽不知道小玉与皇家还有这样的关联，但因她容貌艳丽情致高雅，诗书音律无不通晓而聘求不断。小玉不喜那些无所事事的纨绔子弟，故而请鲍十一娘帮她物色一个格调相称的人物。鲍十一娘首先想到李益，于是替李益定下两人约会的时间在第二天晌午，这才急忙兴冲冲地来告知李益。

李益大喜过望，待鲍十一娘一走，急忙安排仆从到在京城做官的堂兄处借来骏马雕鞍，自己则立刻洗澡换衣。第二天天蒙蒙亮，他就从床上爬起来，洗洗脸，照照镜子，整整头巾，然后坐立不安地看着天。临近中午，李益迫不及待地出门上马，一路疾奔到胜业坊古寺巷。巷口站着一个婢女正在等候李益。李益随她进到一处宅院，鲍十一娘与霍小玉的母亲听闻响动，来到庭中迎接。霍母上下打量了李益一番，点着头连声赞叹："素闻李十郎才华出众，又生得一表人才，今日一见果然名不虚传。我女儿虽然见识浅薄，但容貌还说得过去。若十郎不嫌弃，我愿让她此后侍奉你的左右。”说罢，召唤霍小玉出来相见。只见堂东闺阁的门帘微动，一个妙龄少女款款而出。李益定睛一看，实知鲍十一娘所言不虚，眼前这朱唇皓齿、杏脸桃腮的女子果有宛若天人一般的仙姿玉貌。同时，李益也从霍小玉欲说还休的眼神中读出了她对自己的倾慕。霍小玉看到李益直直地望着自己，脸颊顿时飞起两片红晕，坐在母亲身边低头不语。

霍母笑着对女儿道：“你平日里最喜欢读的那两句诗是‘开帘风动竹，疑是故人来’，如今见了作诗的人，怎么反倒害羞起来了？”一句话说得霍小玉的两颊红得更艳，小声回答：“作诗的人……果真是闻名更胜见面，一时之间，竟不知道该说什么好了。”李益此时全然没有相见之前的忐忑，他向霍小玉施了一礼，道：“小娘子志趣高洁，喜欢才；我本是凡夫俗子，喜欢貌。今日一见，我们也算是良辰美景、才貌兼得呢。”霍小玉听了李益这样直接的告白，更是羞得抬不起头。

数千年来，饭桌一直是令人们从陌生到熟悉，拉近距离、联络感情的最佳场地。霍母早已备下丰盛而精致的酒宴迎接这可能成为自家女婿的人物。席间，小玉应母亲之命高歌一曲，将热烈气氛推到高潮，之后便进入李益最期待的主题——休息，休息一会儿。

鲍十一娘引着李益先去西边房中等候，但见室内陈设用具典雅又不失华丽，但此时的李益怕是没有心思欣赏这些。侍婢帮着他脱去鞋袜后起身出去。不多时，霍小玉慢慢进来。烛光之下更显万分妩媚。此处只引“低帏昵枕，极其欢爱”八字代过。欢爱之后，霍小玉忽然泪眼婆娑，李益颇感惊奇，连问缘由。霍小玉叹道：“我本是沦为娼妓的落魄之人，难以与你相配。今日以容颜换来你的爱恋，希望能托身于你，但只怕有朝一日也会被你厌弃……”李益见美人垂泪更显楚楚动人，顿时忘情地将霍小玉围在怀中，说自己生平梦想今夜成真，以后必会与霍小玉不离不弃，厮守终生。为了表示决心，他让霍小玉拿出笔砚白绢，写下一纸慷慨壮丽的盟约。霍小玉将其悉心珍藏。其后的两年之中，两人双栖双飞，活脱脱便是一对神仙眷侣。

幸福生活到此可以告一段落，其后该是最吸引人的不幸部分。不幸的起源，是李益内心其实一直冀望的那条幸福之路，他终于有机会踏出了仕途的第一步。看似一个人的一小步，实则一群人的一大步，因为有一群人的生活轨迹由于这一小步从此发生了改变。虽然这年春天李益被授的只是郑县主簿那样的官，在唐制县级官员的县令、县丞、主簿、县尉排序中名列第三，且据县的等级只定为九品，但这已经足以令李益准备大张旗鼓地回家向父母报喜了。在他只注目于自己金光灿烂的未来时，霍小玉考虑的则是两个人的幸福生活会不会就此完结。她推断李益的父母定会给儿子找个门当户对的人家，于是在李益临行前，她说了这样一段话："我已经料到你回家后一定另有安排，从前盟约上的话只能随风消散了，我只有一个请求，那便是今年我十八岁，你二十二岁，希望在你而立之年以前，我们还能尽享人世间的情意欢爱。八年后，任你与名门望族结亲传代，我则去落发为尼，伴着青灯古佛了却残生。"李益听了感动不已，再次表白定要与霍小玉一同终老。此次只是短暂分离，待数月后就会遣人来接霍小玉团聚。随后，两人挥泪而别。

这边李益还在路上，那边李老夫人已经替儿子定好了亲事，对方是李益的表妹卢氏，标准的大族加亲属强强联合，李老夫人一贯脾气执拗、说一不二，李益一贯怕老妈，结果就是为了母亲的微笑，为了家门的丰收，需要放弃誓言，牺牲霍小玉。在通信不甚发达的年代，只要一言不发就可以完全躲避外地的联络，成本低廉简单易行。李益家中不甚富裕，为了凑足聘礼，李益不得不离开家四处访友借贷，借此也彻底断绝霍小玉的音信。而霍小玉到了约定期限不见李益的踪影，便花费银钱四处托人打听李益的消息，得到的也是诸多不同的传言版本。霍小玉因而不思茶饭夜不能寐，如此过了一年，已徒剩形容枯槁、卧床不起的残躯。

这年腊月，李益终于回到长安。但他不是为霍小玉来的，而是到居于长安的未婚妻卢氏家商议婚期。李益的表弟崔允明从前时常陪李益、霍小玉一同玩乐，看到霍小玉病入膏肓，心中不忍，就偷偷告知霍小玉李益已回京城的消息。霍小玉请亲朋好友去找李益过来，李益终究不肯，每天清早就离开暂住的地方，夜里到很晚才回来，以此躲避那些劝他去探看霍小玉的人。霍小玉心中仅存的一线希望慢慢破灭。这件事不久即在长安城的士人中流传开来，大家异口同声地惋惜霍小玉的遭际，斥责李益的薄情。

又是一年的阳春三月，到处都是万物复苏生机勃勃的景象，而霍小玉的生命之灯已仅存一点微光。这天夜里，她梦见一个身着黄衫的年轻人抱着李益来到自己床前，并让自己把鞋脱掉。第二天一早，霍小玉让母亲搀扶自己起身，勉强梳洗打扮了一下。家中众人不明所以，霍小玉把这个梦讲给大家，并苦笑着说："'鞋'与'谐'音同，梦到鞋应当是夫妻重会的预兆，而脱的意义又同'解'，重会若再次分离，必然为永诀。所以想来我在见过李郎之后便要与母亲道别了。"众人听了，纷纷转过身擦拭眼泪，霍母只当这是霍小玉久病后说的胡话，正待安慰几句，忽然听见门外人声嘈杂，有个声音大叫道："李十郎来了！"众人正惊异间，只见房门口出现了几个身影，那被一群人架着踉踉跄跄走过来的正是李益。

李益怎么会来呢？每个人都有这样的疑问，连李益自己心里都觉得莫名其妙，但此时他宁愿眼前这一切只是场噩梦，宁愿自己今天没有凑热闹去崇敬寺赏牡丹花。然而偏偏没有那么多宁愿，因为他确实去了，而且去的时候兴高采烈。这种高兴的心情一直持续到他遇到一位与自己年龄相当的黄衫人。黄衫人自称久慕李益才名，今朝终于得以相见，故力邀李益去家中小聚。李益此时很需要外来的崇拜来满足一下自己的空虚，很需要炫目的声色来缓解一下自己的压抑，遂与黄衫人并辔同行。两人有说有笑在长安城的坊市间穿梭，忽然李益发现周围的景致颇为熟悉，不觉间已到了胜业坊霍小玉家附近。李益脸色骤变，支支吾吾向黄衫人推说自己另有他事，欲掉转马头返回。黄衫人一把抓住李益的马缰，硬是把他拉到霍家门前，并让随行仆从将李益拖进了庭院。

李益看着旧爱奄奄一息的模样，羞愧难当，低着头一言不发。而霍小玉满眼含泪，看着曾经与自己海誓山盟的负心汉，心中百感交集，亦是紧咬嘴唇说不出一句话。那黄衫人命仆从在院中摆下酒菜，邀请这对怨侣坐下。霍小玉的眼睛只是眨也不眨地盯着李益，良久，她俯身端起一杯酒，慢慢地浇在地上，一字一句对李益说道："我一个弱女子，命途竟是如此坎坷；而你堂堂大丈夫，竟能如此绝情负义！我怕是活不过今日，可怜不能为母亲尽孝，还要连累母亲为我伤心断肠。这一切都是因为你啊！我死后必定要化为厉鬼，让你在阳间也不得安宁！"说着上前一步抓住李益的衣袖号哭。李益被吓得魂不附体，哪里还敢有所动作。霍小玉的哭声越来越尖利，越来越悲戚，院中诸人无不动容。忽然，哭声戛然而止，随即霍小玉扑通一声倒在地上，霍母上前搀扶，发现霍小玉已气绝身亡。她的眼睛还大大地睁着，似在继续控诉着自己所受的冤屈与不公。

霍小玉死了，李益再也不用生活在躲避和惊恐之中，他终于可以通过放声大哭来宣泄自己的情绪，同时怀念这个曾经令自己魂牵梦萦、给自己带来无尽欢愉的女子。一连几天，李益都身着素服守在霍小玉的灵前流泪不止。在他看来，剩下的只有美丽的回忆，自己负心带来的罪恶感则随着霍小玉的死烟消云散，自己终于可以真正地开始心中希冀的生活。泪水的背后，其实是轻松的解脱。

然而李益想错了，他低估了霍小玉断气前那句话的威力。在下葬前一晚，霍小玉的身影出现在灵堂帐幕后，艳丽的容貌如同刚刚结识那一天。虽然她告诉李益，自己在阴司看见李益如此悲痛，心里也不免被未尽的情分感动，但是在李益和卢氏成婚后，霍小玉的冤魂真的开始了了却她生前怨恨的行动。婚后不多日的某个夜晚，李益正睡着，忽然被一阵轻微的说话声吵醒，睁眼一看，床帐外竟有一个男子的身影，正在朝卢氏招手，嘴里还在嘀咕着什么。李益顿时怒从心起，他翻身下床，帐外却空无一人。他叫醒卢氏，卢氏也是一脸茫然。李益心中恼火，又无从发泄。这件事大约过了十几天后，李益从外面回来，见卢氏正在床上抚琴，他刚要张口说话，门外不知从哪里丢进来个拴着白绢同心结的盒子，正落在卢氏怀里。李益上前一把拿过，打开一看，里面是几样有求欢之意的物事。李益大怒，一把夺过琴狠狠砸在卢氏身上，大吼着问她与何人有私情。卢氏越是辩解，李益就越是愤恨。自此，卢氏被殴打便成了家常便饭，以致最后因凌虐一事诉诸公堂，李益与卢氏的婚姻以卢氏被休告终。

此后，李益又有过几房妻妾，但每次都因为家中会出现奇奇怪怪的事而没有好结果。比如其中他在广陵寻得的美姬营十一娘，李益每次出门，居然都要用浴盆将营十一娘扣在床上，四周还拿封条封好，以防她与别人往来。即使在家中与营十一娘对坐，李益也会不定什么时候就拿出随身短剑丢在桌上，吓唬营十一娘和周围侍婢，说这是自己觅得的精钢利器，若有谁惹他不快，就要用这柄剑杀掉她。

《霍小玉传》的故事到这里就结束了，李益余下的生命历程也已经定了型，要在不间断的神经紧张和暴力冲突中度过，这算是对辜负霍小玉的报偿。汤显祖据此改编的戏剧《紫钗记》则杜撰了一个大团圆的结局，将一切罪责都推给外人，让李益与霍小玉苦尽甘来后终成眷属。但这仍然掩盖不了《霍小玉传》在后世的影响和争议。毕竟故事中出场的人物，在诸多史籍中也隐隐可以见到他们的身影。

李益为唐肃宗时宰相李揆的晚辈亲眷，其诗作如《江南曲》："嫁得瞿塘贾，朝朝误妾期。早知潮有信，嫁与弄潮儿。"《写情》："水纹珍簟思悠悠，千里佳期一夕休。从此无心爱良夜，任他明月下西楼。"《喜见外弟又言别》："十年离乱后，长大一相逢。问姓惊初见，称名忆旧容。别来沧海事，语罢暮天钟。明日巴陵道，秋山又几重。"皆为脍炙人口的传世之作。故事中的李益无论在籍贯、年龄、才华和性情上，都与史籍中的李益极似。如文中称赞李益的才华，在他写下与霍小玉不离不弃的盟约时"引谕山河，指诚日月，句句恳切，闻之动人"。而典籍中记李益之妻确为卢氏，为卢纶的妹妹，《全唐诗》中收有李益与卢纶互答的诗作。李益也确有表弟。同时，李益曾作《竹窗闻风寄苗发司空曙》一诗，云："微风惊暮坐，临牖思悠哉。开门复动竹，疑是故人来。时滴枝上露，稍沾阶下苔。何当一入幌，为拂绿琴埃。"

缘何李益在故事中是一个无情无义的负心汉形象呢？有学者推断，这也许就要涉及唐宪宗元和年间开始的牛、李党争。《霍小玉传》的作者蒋防是江苏宜兴人，少年时便以才华出众闻名，得到"锄禾日当午，汗滴禾下土""春种一粒粟，秋收万颗子"的那个李绅赏识推荐步入仕途，后官至刺史。他的伯乐李绅与元稹等属于李党，自然与令狐楚、李益等牛党成员积怨颇深，故而会借助文艺作品在虚虚实实中令李益名誉扫地。因此，除了李益，故事中其他人物也都看似能与当时真实存在的人物产生联系。霍小玉之父可能是唐高祖李渊十四子李元轨的曾孙李晖。故事中，霍小玉为了筹集托人打听李益消息的资费，命丫鬟去典当自己的紫玉钗，结果遇见当年打造这支钗的皇家玉工，由此得到延先公主馈赠的二十万钱，这个延先公主仿若脱胎于唐肃宗的延光公主。即使连那“性便辟，巧言语”的媒婆鲍十一娘的出身“故薛驸马家青衣”也是有迹可寻。《新唐书》中记唐肃宗的女儿萧国公主曾先后嫁于郑巽、薛康衡和回纥可汗磨延啜，因此薛康衡可称“故薛驸马”。

抛去故事中或许隐含的影射痕迹，单说两人的爱情，霍小玉可谓完全是被李益的才华倾倒而决意委身于他的。故事里李益初次登霍家的门，作者便借霍母的口，说霍小玉“终日吟想，何如一见”，而霍小玉在见到梦中偶像李益的真实版时，却在“低鬟微笑”后，“细语曰：‘见面不如闻名。才子岂能无貌。’”这种反应比较奇怪，《说苑》中有“耳闻之，不如目见之”之语，若见面还不如闻名，那是想表达什么呢？似有隐晦地说李益的才绝对胜过貌的意思。也许这就对应了李益在前一日“浣衣沐浴，修饰容仪”，以及第二天一上午都在“巾帻，引镜自照，惟惧不谐也”的描写。才子不一定有相应的英俊面容，虽然李益的相貌如何不见史载，但毕竟还有些其他活生生的例子，比如温庭筠的长相就不太好，正史中只是说他很邋遢，笔记中则不客气地记下他有“温钟馗”的绰号。还有罗隐，据说他的诗才被宰相郑畋欣赏，郑畋的女儿因而也根据纸上的文字幻想出一个翩翩才俊的形象，但当她在屏风后看到偶像的真身，连罗隐的诗都不愿再读了。

对于霍小玉说自己的才胜于貌，李益的反应是“小娘子爱才，鄙夫重色。两好相映，才貌相兼”。随后的酒席上，李益请霍小玉唱歌，霍小玉的态度是“初不肯”，在“母固强之”的情况下方才遵命。霍小玉的歌艺“发声清亮，曲度精奇”，颇有绕梁三日之功力。也许这时的霍小玉对李益还不是那么满意，但在春宵一刻之后，霍小玉已将全部身心寄在了李益那里，因此才有夜半向李益哭诉一节。李益对霍小玉带给他的欢愉和满足“自以为巫山、洛浦不过也”，巫山神女和洛水女神也不过如此。鸳鸯帐中的李益自然有愿意和霍小玉厮守终生的决心，故而他写下情深义重的誓词：“平生志愿，今日获从，粉骨碎身，誓不相舍。”这也确实是他当时内心真实的感受。在李益准备回家报喜时，他所言“皎日之誓，死生以之。与卿偕老，犹恐未惬素志，岂敢辄有二三”也是自己一厢情愿的想法和计划。他信心满满地觉得自己回家后一定可以想法让霍小玉走到阳光下，因而胸有成竹地请霍小玉“固请不疑，但端居相待”。但李益一旦从鸳鸯帐中探出头，回到活生生的日常环境，坚定的决心就像早春的冰晶一样消失无踪了。

一边是李益“自以孤负盟约，大愆回期，寂不知闻，欲断期望，遥托亲故，不遗漏言”，一边是霍小玉“自生逾期，数访音信。虚词诡说，日日不同。博求师巫，便询卜筮。怀忧抱恨”，最终酿成了两人勉强见最后一面时，霍小玉“引左手握生臂，掷杯于地，长恸号哭数声而绝”的悲剧。

对于霍小玉的鬼魂寻仇一段，后世观者亦是见仁见智。只能说，这一段孽缘，最好还是只出现在极端艺术化的小说中吧。

君为淹留寄他方

——《李娃传》

我们是女人，我们的选择从来就不那么容易。

——《泰坦尼克号》

唐传奇中的爱情故事，大多以女性为主导，且大多以悲剧结束，《李娃传》则不同，不但体现在叙述故事时男女主角两条线索并行，同时还以一个喜闻乐见的喜剧结局告终。其情节并没有多么离奇曲折，与后世很多故事相比，甚至可以算是平淡套路，但其作者乃是大名鼎鼎的白行简，当然，比起他更加大名鼎鼎的哥哥白居易，弟弟仍是略逊了一筹。白行简在《李娃传》中塑造出一个才貌兼具温柔贤淑的标准女性形象。反观类似故事，大多为男子负心女子痴情，而且女子无论如何痴心也换不回爱情重现，如霍小玉与李益，张生与崔莺莺。

白行简在文章开头便介绍了女主角的身份："汧国夫人李娃，长安之倡女也。"既然是身份如此低贱的一位女子，为何还要给她立传呢？她又如何从"倡女"变成了"汧国夫人"？开篇第一句话，白行简就以不紧不慢的笔法吊足了大家的胃口。其后才不疼不痒地简述了原因，"节行瑰奇，有足称者"，节操和品行都异常绮丽与众不同，因此自己才会给她作传。

随即，笔锋一转，换成了男主角闪亮登场。闪亮，完全是因为男主角生在一个有权有钱的富贵人家。因为有个当刺史的爸爸，所以这个比爸爸小三十岁的儿子自然生活得风平浪静衣食无忧。好在小公子并非什么纨绔子弟，他聪明伶俐勤奋好学，文采也超出一般人许多。老刺史对这名未来的接班人很满意，有心让他参加科考求得功名，于是为他准备了足够两年的花费，让他去京城历练一番。小公子遂踌躇满志地来到天子脚下，在“侨民”遍地的布政坊租了个住处，满心冀望着一鸣惊人。

这天，小公子自那因临近皇亲高官等居处、故而“四方珍奇，皆所积集”的东市游玩回来，意犹未尽想去拜访友人，途中路过妓女聚居的小巷鸣珂曲，见有位姿容极美的女郎与仆婢站在一所不大的宅子前。在意想不到的时间和地点遇到一个意想不到的绝色女郎，小公子顿时心驰意动，眼睛紧紧盯着女郎不放。女郎在小公子火辣辣的注视下并未显出厌弃之意，反而令小公子在她欲说还休的眼神里看到了好感和鼓励。于是小公子回到住处后，第一时间向通晓长安市井人事的朋友询问，在鸣珂曲出现的绝色女郎究竟是何许人也。答案很简单，也很简短：那是远近有名的美人李氏，人称李娃；跟她交往的大多是豪门巨贾，所以消费的最低门槛也要在百万钱以上。

小公子一听，心里有了底：钱不是问题，没钱才是大问题，大钱才能解决大问题。于是他换好衣服，带足银钱，雄赳赳气昂昂前往鸣珂曲。那家的丫鬟还记得几日前在门口左顾右盼的这位贵公子，忙向屋里的李娃报信。李娃听了很高兴，要整衣化妆后才肯出来相见，由李娃那白发驼背的老妈妈先代李娃招呼客人。小公子假称要在这里租房，老妈妈见小公子出手不凡，便设宴款待小公子，并让李娃出来作陪。李娃与小公子互诉衷肠后只觉相见恨晚，老妈妈因而邀请小公子来自己家中居住。小公子当然不会推拒，第二天一早就急匆匆把自己的行李尽数搬来，开始正式寄居在李娃家。在亲戚朋友们的眼中，小公子仿佛人间蒸发了一般。也难怪，有这样一个天仙般的女子相伴，谁还愿意再在不相干的人身上多耗费时间呢？

为了表现出自己对李娃深厚的爱，小公子的做法是什么好吃让李娃吃什么，什么好玩让李娃玩什么，至于珠宝饰物更是只有买不到，没有想不到；爱屋及乌，小公子对老妈妈也进行同样的表示，另外还包括老妈妈全家的吃穿用度。不到一年时间，小公子便把原本足够两年的花费挥霍得干干净净。小公子很懂事，没有问家里要钱，因为他把可以用来向家里要钱的途径——仆从，车马——也都卖了个精光。

钱不是问题，没钱才是大问题。随着小公子的腰包像被挤过的橙子那样迅速干瘪，老妈妈对他的爱也像高压脱水蔬菜一般急速干枯。好在李娃对他的态度始终如一，当然，随着老妈妈每天呈现出的白眼与黑脸越来越多，李娃也看出情势怕是越来越不乐观。这天，李娃当着老妈妈的面忽然对小公子说：“我跟你住了这么久，都不曾有孕在身。不如我们去向竹林神祝祷一番，也许以后就能如愿了呢。”小公子本来有类似“为什么一定要去拜他呢”“即使没有子嗣，我们两个这样不是也很好吗”等诸多疑问，但他悄悄瞟了一眼旁边的老妈妈，那冷冰冰的眼神让他顿时忘了所有想说的话，只剩下点头答应的份儿。

去祭拜竹林神的过程倒是顺顺当当，李娃和小公子还在那里住了两晚。在返程途中，行至宣阳坊，李娃说自己有个姨妈住在附近，应当顺道探望一下。于是车马转到一处偏僻幽静的宅院，李娃和小公子受到一个四十多岁妇人的热情招待。热情自然是满脸带笑问寒问暖的态度，招待则是琳琅满目的各色果品，这着实让过了一段被冷眼相看日子的小公子仿佛瞬间回到了一年之前，顿时生出不少亲近感。

李娃和姨妈正叙家常，忽然外面响起一阵急促的马蹄声，来人是李娃家中的仆从，只见他满头大汗前来报知，老妈妈突发急病，似乎即将不治，召唤李娃即刻回去。李娃一脸惊慌赶忙起身，小公子准备跟着一起，却被姨妈叫住，说老妈妈只怕有话想跟李娃交代，小公子回去反而不便；他应当留在这里跟姨妈好好计划一下怎么办丧事，若老妈妈真有什么不测，也好有个对应。小公子觉得是这么回事，就留下与姨妈商谈。过了许久，也不见有车回来接他。姨妈脸上也现出焦急的神情，催促小公子赶紧回去看看，自己随后就到。

小公子心急火燎赶回居所，却发现门窗紧闭，缝隙还都用湿泥封了起来。他不知里面出了什么事，只好绕着宅子大声呼叫。邻人闻声出来，见到小公子颇为惊异，问他为什么没跟老妈妈与李娃等人一起离开。小公子满脸疑惑。邻人告诉他，这宅子原本就是老妈妈租来的，如今租期已满，两天前她们一家人就搬走了。小公子连忙赶回宣阳坊附近那个姨妈家，发现也早已人去楼空，房子同样是租来的，而且只租了一个下午。小公子这才明白自己长久以来始终生活在一场巨大的骗局里，顿觉五雷轰顶，号啕不止。

但大哭只能暂时缓解情绪，不能解决实际问题，小公子的食宿还得靠自己想办法。为了能终日与李娃相伴，小公子早与亲人断了联系，也没有去结交新的朋友，唯一算是认识的，就是当初租住在布政坊时的房主。于是小公子硬着头皮去向他求助。房主见小公子漂泊无依着实可怜，便留他住下。小公子又气又急、又悔又恨，一连三天吃不下睡不着，到了第四天头上，开始大病不起，以后每日都要加重一些。不到半个月，就成了奄奄一息的样貌。房主担心小公子若有不测，自己会惹上无名的官司，只好把小公子送到一家参与殡葬事务并出售殡葬用品的店里，想着若是小公子在这里断气，身后事倒也省了不少麻烦。

店中人见小公子还有一丝气息，就每天轮流喂他些饭食。不想小公子在数月之后，身体居然慢慢恢复了。为了答谢店中人的救命之恩，也为了给自己寻个落脚处，小公子便在店中帮忙做些杂事。闲暇之余，他听到店中人所唱的哀歌音调凄婉，曲词悲怆，忆及自己的遭遇，心中更是难过，于是也偷偷学唱。因其天资聪颖，又有真情实感，不久反而因唱哀歌而出了名。

这家店虽一直以丧车奇丽闻名，但店中人所唱哀歌却总会输于附近另一家店。店主见小公子有这样的天分，就暗暗花了些银钱，请人私下向小公子传授唱哀歌的技巧。待小公子技成之后，这家店主便约下那家店主，在皇城的正街承天门街比试店中各种器物，输家要拿出五万钱置酒请客。那家店主自恃自家店铺唱哀歌在长安城没有敌手，欣然应允。比赛之日，小公子作为秘密武器压轴出场，头戴黑巾，手持大扇，身后还有数个和声的仆从，他的清越之音响彻街坊，令诸多听众纷纷落泪。这一家自然在比赛中完胜。不想台下看热闹的人中，正有小公子的父亲和家中一名老仆，其时天子下诏令各州郡长官入京述职，小公子的父亲因而前来都城。这日正逢闲暇，听闻有两家丧葬店居然也在争技斗艺，就带着仆从观看。小公子的父亲和老仆都认出了台上的正是自己儿子、自家少主，小公子的父亲只当儿子玩物丧志，落得这种境地，着实有辱门风，决意不与之相认。因此在老仆问他那是否便是小公子时，他恨恨地回答儿子已经在京城被盗匪害死，这台上的只是个唱哀歌的市井小民罢了。老仆不死心，待比赛结束后悄悄寻到小公子，主仆相会，自是涕泪交流。老仆拉着小公子去曲江边见父亲，结果小公子反遭到一通斥骂和责打，最后在曲江边昏死过去。

殡葬店店主见小公子被人拉走，想着其中必有隐情，于是派人悄悄在后面跟随看个究竟。也正是因此，伤痕累累的小公子再次被殡葬店中的人救回性命。虽然众人护理了他一月有余，但这次的外伤不同于前次的内病，伤口溃烂以致脓血不止。店中人嫌弃他，趁夜把他丢在路旁。此后，小公子终日卧在道边，依靠路过的好心人丢些食物给他维生，不想一百多日后，他竟又能挣扎着起身，每天以流浪乞讨为生。

故事在沉陷到最低谷时终于迎来了柳暗花明的新气象，而线索也转回到女主角李娃那里。冬天来了。这一日，身着破衣衫、手捧旧瓦盆的小公子照例在雪地里缓步前行。行至安邑坊，李娃正居于这里。她在房中听到凄切的乞讨声，猛然意识到那是小公子的声音，赶忙冲出去看。面前形容枯槁满身疥疮的乞丐，果然是从前一掷千金、风流倜傥的爱侣。李娃上前一把抱住小公子大哭不止。小公子此时心中也不知道是气是喜，只会哆哆嗦嗦在寒风中一个劲儿点头。老妈妈闻声出来，见到小公子的落魄相，大声呵斥李娃，让她马上把小公子赶走。这个举动为李娃义正词严的反责见利忘义的老妈妈铺就了平台：“当昔驱高车，持金装，至某之室，不逾期而荡尽。且互设诡计，舍而逐之，殆非人行。令其失志，不得齿于人伦。父子之道，天性也。使其情绝，杀而弃之，又困踬若此。天下之人，尽知为某也。生亲戚满朝，一旦当权者熟察其本末，祸将及矣。况欺天负人，鬼神不佑，无自贻其殃也。”李娃的这段话原文颇为精彩，故选而录之，其意亦是简单明了：当初小公子驾着满载钱资的豪车来到我们家，我们都诚惶诚恐唯恐招待不周，诱使他把财物都花费到我们身上。在他身无分文后，我们又定下诡计抽身出来，小公子因此流离失所，不得不去靠做低贱的活计糊口。我们这种行径已违背了天理、丧失了人伦。如今他们父子之间恩断义绝，小公子被毒打抛弃，这都是因为我们当初造的孽！且不说日后小公子的父亲若后悔起来，一句话便可将我们整治得死无葬身之地；仅是我们侵财骗情一节，就足以令上苍动怒鬼神愤恨，再不尽力弥补，怕是天谴报应就要到了。

李娃的这番话，情、理、法面面俱到，也不得不令老妈妈瞠目结舌黯然退下。随即李娃很坚定地表明了自己态度："我受您的养育之恩已有二十年，其间为您收获的钱财不止千金。如今您已过了耳顺之年，膝下并无其他儿女，积存的钱财以后恐怕都没有托付之人。现在我想计算下这二十年自己吃穿用度的花费，有个大概数量后留给您，权当为自己赎身。之后带着剩余的那一点和小公子另寻个住处，但每天还是会早晚来探望照看您，以报答这些年的养育之恩。"老妈妈听了，实在没有什么不答应的理由，而且她也知道李娃的个性，这不是商榷，而是通知，只好答允下来。

于是，李娃带着余下的百两黄金，与小公子在与老妈妈居处相隔四五家的地方租了一所空宅住下。每天精心服侍小公子的饮食，数月之后，小公子便恢复了元气。又休养了快一年，小公子终于健美如初。李娃这才带着小公子前往城中售卖书典的商铺，买了整整一车应考用的典册回来。自此每日除了问候老妈妈外，便是紧闭房门陪着小公子一同读书。小公子经历了这一番波折，自然感激李娃的深情厚谊，更是夜以继日地勤奋苦读，过了一年多，小公子在科举登第，博得了功名，还被授为成都府参军。这时，李娃一边劝小公子如今功成名就，可以去与父母相认，一边以自己出身低贱，且曾以欺诈之行令小公子几乎殒命，不配再陪伴小公子为由辞行。小公子不允，失声大哭，李娃只好答应送小公子前去赴任，但行至剑门便要返回。小公子无奈，只好暂且应许。

此时小公子的父亲被任为成都府尹兼剑南采访使，也到了剑门，小公子前去馆舍拜会。父子相认感慨非常。待小公子叙说了这件事前后原委，他的父亲感激李娃深明大义之举，做主以匹嫡之礼让小公子将李娃娶为正妻。李娃与小公子不但夫妻恩爱，她对小公子的父母更是极尽孝道。后小公子的父母相继去世，小公子守孝期满后，屡屡被迁升要职，李娃亦被封为汧国夫人，他们的四个儿子也都官名显赫。

文章结尾，白行简称在唐德宗贞元年间，他与李公佐偶尔谈起关于贞女节妇的话题时讲到这个故事，李公佐建议白行简务必把这个故事记录下来，因此才有这篇《汧国夫人传》。

李娃的故事终于以大团圆的方式完美落幕，从某种角度来说，李娃和小公子的悲欢离合成了后世诸多如落难公子在红粉佳人的鼓励下咸鱼翻身故事的主题模板。在明冯梦龙《警世通言》中，《赵春儿重旺曹家庄》《杜十娘怒沉百宝箱》等篇都能看到李娃故事的影子。《李娃传》则曾被收于《类说》《艳异编》《青泥莲花记》《情史》《绿窗女史》这些汇编、杂编、总集、丛书等。宋末罗烨《醉翁谈录》中将李娃的名字具象到李亚仙，又名“一枝花”，小公子的名字也具体到郑元和。后来的诸多改编不少都沿用了这个说法。明《燕居笔记》收话本《郑元和嫖遇李亚仙》，郑元和的父亲又具体到名为郑畋。元杂剧中高文秀的《郑元和风雪打瓦罐》、石君宝的《李亚仙花酒曲江池》，明传奇中薛近兖或徐霖的《绣襦记》等的原本也均是这篇《李娃传》。自然，对于《李娃传》的探究也少不了后世学者对其是否影射了时局，暗讽了党争等无数言之凿凿的推断。在这里，不妨把它单纯看成一则故事，一则皆大欢喜的故事；毕竟，它折射的是不少人内心的景象。

群燕辞归鹄南翔

——《莺莺传》

她有什么罪过？她唯一的罪过就是太美丽。

——《西西里的美丽传说》

提及唐传奇系列故事，怎么会少了《莺莺传》呢？

除了后世以其为蓝本改编的鼎鼎有名的《西厢记》，以及它的作者为以诗才闻名的元稹，另有一点，便是唐传奇的“传奇”二字即是源于这个故事。明时，这篇作品的题目一度因为故事男主人公张生所赋，以及作者元稹续写的诗名《会真诗》而被称作《会真记》，它在《太平广记》中的名字是《莺莺传》，而在唐陈翰的《异闻集》中，其本名乃是《传奇》。这在《元稹年谱》、赵令畤《商调蝶恋花》及元好问《江梅引》前序文等之中均有记述。因此“传奇”一词的起源，从裴铏的作品集名变成了元稹的作品名。

《莺莺传》与大众熟知的《西厢记》不尽相同，其故事背景设定在唐德宗贞元年间。张生作为男主角的前提自然是要仪容俊美、性情温和且才华横溢。在历代笔记小说中，男士要想具备成为故事主角的资格，不论是人是妖，大多要求如此，鲜有出现类似卡西莫多那种与女主角悬殊过大的爱情童话。同时，张生又是一个外表随和、内心刚健的个性小伙儿，长到二十三岁，还不曾亲近女色。对此，他的解释是宋玉笔下登徒子那种好色属于品行不端，并非真的能欣赏美色；自己只有遇到真正动情的对象，内心才会泛起波澜。这样的言论自然为女主角的出场及她与张生产生的交集设下了伏笔。

场景开始切换到蒲州东面的普救寺。张生来蒲州游玩，暂宿寺中。同时入住的，还有一行准备去往长安，路经此地的崔姓人家。攀谈之下，那娘家姓郑的崔老太居然还是张生的远方姨妈。其时，曾追随郭子仪大败吐蕃的名将浑瑊逝于蒲州任上。宦官监军难以服众，遂有军士哗变，侵扰乡里。崔家因所携资财众多，不免终日忧心忡忡。亏得张生去向蒲州军中的旧交求助，请他们派人保护崔家大小，崔家这才免除了被劫掠的困扰。

崔老太对张生感恩不已，设宴答谢张生。席间，崔老太盛赞张生对其全家有再生之德，命自己的儿女对张生以兄长之礼拜谢。崔老太的儿子欢郎大大方方地出来向张生行了礼，然女儿却推说身体不适，迟迟不肯露面。崔老太沉下脸，命仆婢传话进去说："若不是有张家兄长临危相助，保全了我们一家上下的财物名节，我们早已被乱军侵侮，哪里还能拘泥什么男女之防？"崔小姐这才缓缓步出内室与张生相见。张生眼前一亮，虽然崔小姐身着平常衣衫，也没有刻意妆容，但仍旧光彩四射美艳绝伦。崔小姐被母亲斥责在先，现在又被张生直直盯着，因而面色通红，坐在母亲身旁低头不语。即使张生几次张口想引她说话，崔小姐亦是装作不曾听见。崔老太只好打圆场，说女儿年方十七，自小被宠溺坏了，故而不通人事，还请张生不要见怪。张生无心插柳般遇见这么一个娇滴滴的可人，哪里还会见怪，自这日酒宴之后，他心中便只剩下了相思的份儿。

崔小姐每天居于内堂，张生能见到的只有她的丫鬟红娘。于是张生不时送些财物给红娘，托她转述自己的爱恋之情。红娘问张生，为什么不借着于崔家有恩的事去向崔老太求亲呢？张生称自己自那日在宴席间见到崔小姐之后，食不甘味，夜不能寐，每天只是想着崔小姐的容貌身形，若真的要经过动辄数月的纳采、问名等亲礼，只怕自己已经成了《庄子》中所说的涸辙之鲋了。红娘见张生哀告甚苦，就替他出主意，说崔小姐喜好作诗，常常会苦吟佳句，若张生能以情诗打动崔小姐，那么自己也好从中相助。

张生听了大喜，回房后立即提笔作下《春词》二首，托红娘转交崔小姐。《莺莺传》中并没有录入两首诗的内容，故依《全唐诗》中所收元稹的《古艳词二首》判断，或为这里的《春词》："春来频到宋东家，垂袖开怀待好风。莺藏柳暗无人语，惟有墙花满树红。""深院无人草树光，娇莺不语趁阴藏。等闲弄水浮花片，流出门前赚阮郎。"两首中各隐一个"莺"字，与故事的主人公相切。

当天晚上，红娘送来了崔小姐回赠的那首脍炙人口的情诗《明月三五夜》："待月西厢下，迎风户半开。拂墙花影动，疑是玉人来。"在张生眼中，与其说这是一首情诗，不如说是暗藏了私会的时间地点的情谜，故而更令张生情迷不已。这一天是当月二十四日，距崔小姐相约的月圆之夜还有大半个月工夫。不消说，对于张生，又是极其难熬的一段时间。

终于，月儿由缺转圆。十五日这天，张生大清早便坐立不安地盼望着天黑，好不容易等到金乌西坠玉兔东升，待周围静寂一片，约莫到了二更天，张生疾步来到崔家所居之处的东墙下，攀着墙边杏树跃入墙内。他借着月光悄悄摸到西厢房，找到一户半开的门，见红娘正沉沉睡着，却不知崔小姐在何处等候。张生轻轻摇醒红娘，红娘睡眼蒙眬望见张生立于榻前，不禁惊慌失措，连声问张生为什么会来这里。张生称是崔小姐约他来的。红娘听了，连忙起身去禀告崔小姐。不多时，崔小姐穿戴整齐出现在张生面前。张生正待上前倾诉思慕之情，却见崔小姐面有愠色，于是话到嘴边又咽了回去。崔小姐一脸严肃斥责张生，说他自恃有恩于崔家，屡次托仆婢行无礼之事。起初救人于危难的侠义之心若此时作为满足私欲的资本，那么救人之举便与强盗之行无异。自己原本想对张生所作情诗置之不理，但出于礼数又不能不回。若去将此事禀告母亲，只怕张生的形象会一落千丈，对于前番张生救助家中危难一节也颇为不义；若请红娘转告，又担心张生再次误解自己的意思，因此只好暂时搁置一旁。不想张生却深夜逾墙寻到这里，实在有违读书人的德行。说罢，崔小姐即转身离去，只留下张生愣在当场，怅然若失。过了好半天，张生才顺着原路攀缘而回，此后一连几天都宛如失魂落魄一般。

忽有一天夜里，张生在睡梦中被红娘叫醒。红娘一边告诉张生崔小姐马上就要来了，一边把怀中抱的枕头被子在张生枕边铺好。张生目瞪口呆，不知作何应对。不多时，红娘扶着崔小姐果真出现在张生面前。今夜的崔小姐与前日“端服严容”的形象截然不同，乃是“娇羞融冶，力不能运支体”。张生大喜，忙不迭将崔小姐拥入怀中，一夜缱绻不在话下。待晨钟响起，红娘方才来将崔小姐接回去。张生痴痴地坐在床边，鼻间尚有枕畔余香，耳旁宛留芳华呢喃，禁不住问自己“岂其梦邪”。

此后又过了十几天，却再也不见崔小姐出现。张生心中焦急，遂将怅惘寄于笔端，作了六十句《会真诗》。还没有写完，红娘翩然而至，张生大喜，当即请红娘将诗稿转交崔小姐。崔小姐果被打动，自此安排红娘每天晚间在东墙边迎候张生，早上再将张生送出，其间崔小姐则与张生一同宿于西厢。这样幸福的日子持续了一个多月后以张生要动身去长安而告终。临行前，张生向崔小姐表述出不愿分离的意思，崔小姐虽不做阻拦，但愁绪仍是禁不住地现于面庞。

数月后，张生再度来到蒲州，与崔小姐又有数月欢爱。张生知道崔小姐素有文采，几次向她求一篇文字却终不可得。即使自己写文章想引出崔小姐的评论，崔小姐也不多做言语。她的才情和对张生的厚意只有在偶尔抚琴时才有所表露，即使如此，在张生被愁苦凄切的琴声感染，请她再弹一遍时，她照旧会摇头回绝。

不久，张生准备再赴长安参加科考。动身前那晚，崔小姐用不知是劝慰张生，还是宽慰自己的语气，说自己早在随便许身于张生之时，就料到早晚会有轻易分别的那一天。若张生就此抛弃自己，自己也不想将之前的付出尽数否定和抹灭，因此不会有任何怨言。若张生还愿白头偕老，便是自己的幸运，那些海誓山盟的情话也算是有了结果，故而不必为短暂的分离而感伤。说罢，崔小姐拿出琴，准备弹奏一曲《霓裳羽衣》来为张生送行。刚刚弹了几句，琴声便不由变得凄怨哀伤，张生与一旁服侍的红娘都流下眼泪，崔小姐也停止弹奏泪流不已，随后起身快步走进母亲的房间，直到第二天早晨张生动身，崔小姐也没有再出来。

这一年，张生科考失利，遂留在京城以图机变。他写信给崔小姐倾诉思念，崔小姐回信说对于张生还是那么记挂她，她很是感动。捎带的首饰与口脂也颇为喜欢，只是张生不在，她不知该为谁妆容，这些东西只是徒增思念罢了。张生既然决意留在京城温习学业，想来已抛舍了儿女情长。男儿以功名为重，自然无可厚非，因此即使她被慢慢遗忘，也没有什么可怨恨或遗憾的。自从与张生离别，她像是丢了什么重要的物件一样，心里总是空落落的，在往来热闹时偶尔还会应承几句，但每当夜深人静便会禁不住泪湿衣襟。她时常会梦到张生就在身畔相伴，然总是在爱意最浓时猛然惊醒。如今张生与她远隔万里，一个身处易于行乐的长安，一个则在偏远的空闺独守，此种情形下张生还能记挂着她，她已深感欣慰了。回想从前以兄妹之礼初见，后在婢女的怂恿下放纵了儿女情怀同床共枕。本以为可以托付终身，岂料落花有情流水无意。因此无论张生如何对她，她的一片诚心也永远不会陨灭，即使身躯不在，那份真情仍会随着清风晨露一道，伴随张生左右。随信回赠她幼年时便不离身畔的玉环一枚，以示坚贞不渝循环不已之意，还有代表愁绪萦绕的一绺头发、留有相思泪渍的文竹茶碾一柄，都不是什么珍贵的物事，只能聊寄相思之苦。最后，叮嘱张生务必保重身体，谨慎言谈，无需因记挂她而劳心分神。

张生读后百感交集，将书信传于左右好友，众人皆慨叹不已。故事传开后，不少文士以此赋诗，其中元稹将那《会真诗》续了三十韵，其中不乏蕴含典故的美文佳句：以西王母、玉童比拟崔小姐和张生的"绛节随金母，云心捧玉童"；以仙人居处比二人住所的"言自瑶华浦，将朝碧玉宫"；引曹植《洛神赋》、宋玉《登徒子好色赋》、王子乔升仙等诸典的"因游洛城北，偶向宋家东""乘鹜还归洛，吹箫亦上嵩"；引商陵牧子之妻中夜悲啸，因而生出的琴曲《别鹤操》一典的"素琴鸣怨鹤，清汉望归鸿"；引宋玉《高唐赋序》中楚襄王梦遇巫山神女、刘向《列仙传》中萧史弄玉乘凤飞升诸典的"行云无处所，萧史在楼中"等。

但无论怎样，张生与崔小姐的恋情终是走到了尽头。理由是张生觉得崔小姐太美也太完美，自己掌控不了，因此最好的选择就是放手。当然，原话自然不可能这么直白："大凡天之所命尤物也，不妖其身，必妖于人。使崔氏子遇合富贵，乘宠娇，不为云为雨，则为蛟为螭，吾不知其变化矣。昔殷之辛，周之幽，据百万之国，其势甚厚。然而一女子败之，溃其众，屠其身，至今为天下僇笑。予之德不足以胜妖孽，是用忍情。"张生欲与崔小姐决绝的背后，无论隐藏着什么原因或目的，现在摆出来的理由已经上升到了国破家亡的高度，大得不能再大，那么别人还能说什么呢？

一年多后，张生与崔小姐男婚女嫁，嫁娶的对象当然都不是对方。某次，张生路过崔小姐的居处，不知为何又想与崔小姐会面，他以表兄的身份托崔小姐的丈夫传话请见。崔小姐执意不出，又不忍张生为难，于是托人偷偷传出一首诗：“自从消瘦减容光，万转千回懒下床。不为旁人羞不起，为郎憔悴却羞郎。”可见她心中依旧对张生念念不忘。过了几天，在张生即将离开此地时，崔小姐又托人捎来一首诗，云：“弃置今何道，当时且自亲。还将旧时意，怜取眼前人。”劝告张生，过去的都已经过去，如果还余有一丝浓情蜜意的话，那就留给现在身边的人吧。自此，两人再也没有过近距离接触。

张生和崔小姐的故事，到这里便画上了句号。着实，它不如《西厢记》中的情节那般曲折，更没有花好月圆的欢喜结局。毕竟它是没有经过诸多传诵加工的底本。

这个故事早在一千年前就被宋人王铚定论，主人公张生即为元稹本人。文士初期的作品若描写人物，多多少少都会带有一点自己的影子，文中人物所处的背景、年龄等均与故事中的主人公相符，这篇或许真的为元稹的回忆录型小说。宋王楙《野客丛书》中则将张生之名定为张君瑞，女子叫崔莺莺，成为后世那《西厢记》的人物奠基。

元稹九岁时即以诗才和酒量在家族中闻名，自称当时饮酒一斗才醉，他的舅舅觉得这孩子不一般，就准许他同族中的兄弟们一同饮宴夜游。普救寺也是确有其地，据《高僧传》中记，在隋代时，宝澄和尚本欲在普救寺中建佛像，未能如愿便早逝。后唐道积和尚花费十年之功兴建，方令普救寺颇具规模。另有一说，释迦牟尼入灭百年后，有阿育王出世，役使鬼神将释迦牟尼的舍利分藏于八万四千塔中，中土的姚秦河东蒲坂塔可能就是普救寺中的塔。至于故事中出现的时间与人物，仍是有据可循。元稹其人，后世虽对他的品行评判不一，但对其文采都是推崇备至的。大多数对其诟病的人，眼光瞄准的总是他的私生活。也许大家希望元稹能一直保持对发妻韦丛那种“曾经沧海难为水，除却巫山不是云”“诚知此恨人人有，贫贱夫妻百事哀”的专一与痴情。即使偶有绯闻传出，对象也应当是薛涛那样的才女。始乱终弃的无良举动不应出现在他这样一个熠熠生辉的人物身上。然若《莺莺传》真的属于元稹的自传，那么文章结尾他已阐明了自己的观点：“时人多许张为善补过者。予尝于朋会之中，往往及此意者，夫使知者不为，为之者不惑。”虽然不少人都说张生在极力弥补自己的过错，但是元稹多次在与朋友的聚会上，说自己记录这个故事，是希望大家能引以为戒，不要重蹈这样令人痛悔不已的覆辙。

自然，才华横溢的元稹在《莺莺传》中的文笔亦是可圈可点，且善于通过言语动作表现人物的内心情态。如文中所录崔小姐给张生的回信，可谓字字珠玑，感人至深：“捧览来问，抚爱过深。儿女之情，悲喜交集。……虽荷殊恩，谁复为容？睹物增怀，但积悲叹耳。……于喧哗之下，或勉为语笑，闲宵自处，无不泪零。乃至梦寐之间，亦多感咽离忧之思。绸缪缱绻，暂若寻常，幽会未终，惊魂已断。虽半衾如暖，而思之甚遥。……君子有援琴之挑，鄙人无投梭之拒。及荐寝席，义盛意深。愚陋之情，永谓终托。……如或达士略情，舍小从大，以先配为丑行，以要盟为可欺，则当骨化形销，丹诚不泯，因风委露，犹托清尘。存没之诚，言尽于此。临纸呜咽，情不能申。千万珍重，珍重千万！……心迩身遐，拜会无期。幽愤所钟，千里神合……”而表现崔小姐极力收敛自己的感情，不愿让它如江河决堤一般难以收拾，则主要通过两次离别时细节的描写体现。第一次在临行前一晚，张生百般叙说思念之苦，“崔氏宛无难词，然而愁怨之容动人矣”，虽然没有像张生那样表现得激情四射，但是神情与行动——“将行之再夕，不复可见”——已将内心的不舍展示得淋漓尽致。第二次离别，崔小姐看到长吁短叹的张生，意识到今次分开或是永诀，主动愿为张生抚琴，并解释以往不愿弹琴的原因是“向时羞颜，所不能及”，然弹奏了几声便“哀音怨乱，不复知其是曲也”，于是“遽止之，投琴，泣下流连，趋归郑所，遂不复至”。两次分离，崔小姐选择的都是不想亲眼看到离别的一刹，那种徒增伤悲的道别，只会令两方觉得难过。电影《最后的武士》中，已经与日本仅存隐居武士的生活融为一体的欧格仁，在必须随着首领胜元一道回到所谓的文明世界京都前，透过一片马蹄踏出的尘烟，欧格仁急切地在送行人群中寻觅与自己互相爱慕的高子；而高子则隐身于房间暗处，静静听着纷乱的马蹄声远去，这便是如同崔小姐一般，诠释出那种极力保持理性而实则热烈含蓄的爱。崔小姐没有高子那样的完美结局，但她也没有霍小玉那种以牙还牙的暴戾，因为她明白，过去的，就是过去了。

《莺莺传》的传播，在宋代虽有《太平广记》收录其文，但令其飞入寻常百姓家的，还是张君房专录情感故事的《丽情集》，其余如《类说》《绿窗新话》《绀珠集》等所录则为节选或删减版本。明代《艳异编》《燕居笔记》《情史》《绿窗女史》《山堂肆考》等诸多类书选本更是将《莺莺传》收录其中。即使在戏文《西厢记》的刊本中，也有多个版本将《莺莺传》附录在后。

有关《莺莺传》的诗词，唐时便有杨巨源《崔娘诗》、李绅《莺莺歌》，其后宋人秦观分咏十位美女故事的《调笑令》，第七首便是吟咏崔莺莺。前面还冠以一首被称为“致语”的七言诗：“崔家有女名莺莺，未识春光先有情。河桥兵乱依萧寺，红愁绿惨见张生。张生一见春情重，明月拂墙花影动。夜半红娘拥抱来，脉脉惊魂若春梦。”曲词为：“春梦。神仙洞。冉冉拂墙花树动。西厢待月知谁共。更觉玉人情重。红娘深夜行云送。困亸钗横金凤。”

除此之外，尚有兴于宋代、说唱兼具叙事的鼓子词，民间讲说故事的说话，以唱为主的说唱艺术诸宫调，其中代表作自然是董解元的《西厢记诸宫调》，以及以王实甫杂剧《崔莺莺待月西厢记》为代表的闻名遐迩的戏曲作品。其实除了王本《西厢记》，宋时的官本杂剧《莺莺六么》，宋元南戏《张珙西厢记》等均以《莺莺传》为蓝本，只是在王本《西厢记》鸿篇巨制的光芒下往往被忽略。

《莺莺传》的叙事体例、情节结构等同样让后来的小说家受益匪浅。明高儒曾言，《娇红记》《钟情丽集》《艳情集》《双偶集》《李娇玉香罗记》《怀春雅集》等多部小说均是模仿《莺莺传》而作。如《莺莺传》中崔老太命崔小姐出来拜见张生一节："久之，辞疾。郑怒曰：'张兄保尔之命，不然，尔且掳矣。能复远嫌乎？'久之，乃至。常服睟容，不加新饰，垂鬟接黛，双脸销红而已。颜色艳异，光辉动人。"同样是女子千呼万唤始出来，其颜色令男子心神激荡的情节，也出现在《娇红记》中申纯初见娇娘之时："良久，飞红附耳语妗，以娇娘未梳妆为言。妗因怒曰：'三哥家人也，出见何害？'生闻之，因曰：'百一姐无他故，姑俟日后请相见。'妗因笑曰：'适方出浴，未理妆，故欲少俟。三哥一家人，何事铅粉耶？'又令他侍女促之。顷刻，娇自左掖出拜，双鬟绾绿，色夺图画中人。朱粉未施，天然殊莹。生起见之，不觉自失。叙礼毕，娇因立妗右。生熟视，愈觉绝色，目摇心动，不自禁制。"在《钟情丽集》辜辂第一次见黎瑜娘，同样是这个套路："明日侵晨，踵春晖堂，揖祖姑，适瑜侍焉，将趋屏后避生，祖姑止之，曰：'四哥，即兄妹也，何避嫌之有？'瑜得命，即下阶与生叙礼。生窃视之，颜色绝世，光彩动人，真所谓入眼平生未曾有者也。"描写固然不错，但其故事风格"语带烟花，气含脂粉"，内容上又是"凿穴穿墙之期，越礼伤身之事"，故而"不为庄人所取"。在高儒眼中，此种有违伦常的主题只能当作打发无聊的睡前小故事罢了。

有关《莺莺传》题材的画作，古有明末陈洪绶为张深之版《正北西厢》所绘六幅插图尤为著名，除第一幅为莺莺小像外，其余五幅自原作内容中选下“目成”“解围”“窥简”“惊梦”“报捷”五个场景分别绘制。其中又以“窥简”一幅最具匠心。“窥简”表现崔莺莺收到红娘传书，迫不及待又全神贯注地打开来看的场景。画面左半部是聚精会神的崔莺莺，右边则是躲在屏风后面，一手向后背，一手置于嘴边的红娘。画面上两人神态各异，崔莺莺脸上充满了期待与满足，红娘则是惊奇间带着担忧。有方家师友指出，画面上占去大半的屏风，看似简单的四屏夏、春、冬、秋四季花鸟，实则隐喻了张、崔二人坎坷情路。如夏天的无忧无虑的双蝶正似两人初会的热烈；春季对望的两只鸟预示分别在即；冬日一屏没有虫鸟出没，显示张崔两人的感情遭遇了冰封；最后一幅只有一鸟独自守望，也恰恰表达了故事的结局。

而王叔晖先生的两版《西厢记》连环画——一百二十八幅工笔白描《西厢记》、十六幅工笔重彩《西厢记》连环画——及“惊艳”“听琴”“佳期”“长亭”四幅《西厢记》特种邮票图稿，在当代《西厢记》题材画作中可谓无出其右者。王先生终其一生专注古典题材，尤其以工笔仕女画见长，“十二花神”系列和未曾完工的“红楼十二钗”系列均可匹以“经典”二字。其连环画尚有《孔雀东南飞》《杨门女将》《梁山伯与祝英台》《生死牌》《木兰从军》等多部佳作。虽因时局所迫，王先生亦难免偶有应制之作，但仅限于标题文字，内容上绝无奉迎谄媚之意，行动上更不会有逆伦认亲之举，其遇雪犹清、经霜更艳的风骨最是令人敬佩不已。

牵牛织女遥相望

——《柳氏传》

爱就是把某个人看得比你自己重要。

——《冰雪奇缘》

总的来说，《柳氏传》属于一个破镜重圆的故事，当然，它不是破镜重圆的原版，但一波三折皆大欢喜的结局比较符合民众普遍的阅读心理。关于作者许尧佐，见于史籍的资料少得可怜，他的生卒年、籍贯、家世均以“不详”带过。除了录于《全唐诗》中的几首诗作及《五经阁赋》等几篇文章外，令他青史留名的便只有这篇《柳氏传》。

故事的男主角韩翃被写作韩翊，他仍旧没有摆脱才高而家贫的俗套。《太平广记》与《本事诗》中在描写韩翃窘迫状况时，分别用了“羁滞贫甚”“荜门圭窦，室唯四壁”的词句。好在韩翃与一个有金钱有美人，又懂得欣赏他的义气男子为邻。这位男子姓李，颇有豪侠之气；具体表现是在得知自己的宠姬柳氏暗暗倾慕韩翃时，便在一次与韩翃宴饮时诚恳地将柳氏赠予韩翃。韩翃惶恐，再三推拒不敢接受，柳氏则大大方方地坐到了韩翃身边。在《本事诗》的叙述中，是李生告诉韩翃，“大丈夫相遇杯酒间，一言道合，尚相许以死，况一妇人，何足辞也”“夫子居贫，无以自振，柳资数百万，可以取济”，且“柳，淑人也，宜事夫子，能尽其操”。而《柳氏传》里，李生因“柳夫人容色非常，韩秀才文章特异”，所以“欲以柳荐枕于韩君”，且“坚请之”，随后“又以资三十万，佐翊之费”。韩翃仰柳氏之色，柳氏慕韩翊之才，“两情皆获，喜可知也”。幸福来得那么突然，那么猛烈，以至于韩翃对自己一下子也跻身有金钱有美人的中产阶级都觉得恍然如梦。

第二年，韩翃得到礼部的选拔推举，但他觉得与其出去做个小官，不如在与柳氏共同构筑的温柔乡中闲居更惬意。直到柳氏劝韩翃应当求取功名光耀门楣后，他才决定先回家省亲，然后再寻一条踏入仕途的门路。柳氏则一边等待韩翃的消息，一边靠变卖首饰用具来养活自己。韩翃没等来，安禄山的叛军却先到了。

所谓“宁为太平犬，不做乱世人”，大多时候只能是一厢情愿的幻想，因为没得选择。即使生逢乱世，也得想办法活下去，在国都沦陷，天子都不知跑到哪儿去了的情况下，普通百姓只能想办法自救。柳氏知道以自己的容貌，若是落到叛军手中会遭受什么样的待遇，于是剪去长发，弄污面颊，寄身于长安城的法灵寺中。这时，韩翃已被平卢、淄青节度使侯希逸招为幕僚，他虽时常惦念柳氏，却又无计可施。直到郭子仪率军收复两京，唐肃宗与文武百官回到长安，韩翃才有机会派人到长安城中四处寻找柳氏。

很快，柳氏收到了韩翃捎来的一小袋碎金子，袋子上还题着首诗：“章台柳，章台柳！昔日青青今在否？纵使长条似旧垂，亦应攀折他人手。”章台为秦宫台名，《史记》中蔺相如携和氏璧入秦时，秦王便是在章台见他的。汉时章台所在的地方有章台街，宋代宋敏求《长安志》中则说唐时的章台街即是长安的建章台下街；除了韩翃，唐人诗作中不乏同时提及章台与柳的，想来其时章台街中当真柳树极盛。而“柳”则除了代指柳氏，尚有隐喻惜别之意。柳氏睹物思人，满眼热泪也题了一首诗托来人捎回：“杨柳枝，芳菲节，所恨年年赠离别。一叶随风忽报秋，纵使君来岂堪折！”韩翃看到这情真意切的回应，伤心了，也放心了。虽然暂时不能相见，但柳氏一直在为自己苦苦守候。韩翃现在只盼着能早点回到京城与柳氏旧梦重温，然而当他的上司侯希逸入京为相，他终于能以随员身份再次来到久违的长安时，迎头泼来的却是一盆冰水。

番将沙吒利不知从何处闻知柳氏的美貌，便自恃军功卓著，将柳氏强抢回家，金屋藏娇宠爱异常。韩翃哪里知道这一节，四处寻觅柳氏而徒劳无功，只能独对寒穹空寓欷歔不已。

这天，韩翃信步来到长安城北的龙首岗。夕阳西下，韩翃眼前又浮现出柳氏笑靥如花，不禁愁肠寸断。一辆牛车从身边慢慢行过，微风吹起轿帘，车中人的眉眼是那么熟悉，在脑海中朝思暮想的影像，居然活生生地出现在自己面前。刹那间，韩翃恍惚以为自己身在梦中。车中人的脸上也同样露出了惊诧与惊喜的神情。这对爱侣终于在一种可能与不可能的逡巡间重逢。但这次重逢并没有带来相应的欢聚。柳氏悄悄托车边的婢女告知韩翃，自己如今已万般无奈地成了沙吒利的宠姬，不再是自由之身，让韩翃也务必珍重。第二天，柳氏依照前日偶遇之约将一个盛满香膏的玉盒赠予韩翃，告知此物为永别之纪念，随后匆匆离去。韩翃看着车轮卷起的滚滚烟尘，心中更是不胜悲戚。

一连几日，韩翃都愁眉紧锁心神不宁。正值有从淄青驻地前来的武将在酒楼宴饮，叫上韩翃一同欢聚。韩翃哪里欢得起来，他独坐一隅，一言不发，只知道一杯接一杯地喝闷酒。座中有个武艺高超的将官名叫许俊，得知韩翃心中不快的原因后，拍着胸口向韩翃承诺一定会把柳氏平平安安地带回。他让韩翃亲笔写下一封书信，内容是希望柳氏能相信来人并无恶意，无须过多疑心，只要跟着许俊走便是。之后，许俊披挂整齐，只带着一名亲信来到沙吒利家附近等候。待沙吒利出门，许俊稍息片刻便急急忙忙冲进沙吒利家，大声喊着：“将军在路上突发急病，命我前来召夫人过去。”众家仆不明就里自然不敢阻拦，任凭许俊冲入内室。许俊寻到战战兢兢的柳氏，将韩翃手书拿给她看，随后把柳氏扶上马，在众人瞠目结舌的表情中一溜烟奔回了酒楼。

韩翃与柳氏经历多年离别，今日方才再次相拥，自然悲喜交加。感性的热度稍稍减退后，韩翃和许俊开始恢复理性。如今沙吒利正是平乱战事中的红人，私闯他的官邸，夺走他的宠姬，怕是后患不小。于是两人来向侯希逸请罪，言外之意自是希望侯希逸能出面解决这个麻烦。侯希逸知道事情的原委后，心中所受震动亦是不小。但事已至此，只有拿出长者风范一力承担。侯希逸遂向天子上疏，详述了韩翃与柳氏的事情后，指斥沙吒利强夺民妇之过，最后称自己属下的逾礼之行实属无奈之举，错就错在事前没有征得自己的同意。天子此时正忧心叛军祸害的乱局，哪有心思纠缠这些儿女情事，他抱着谁也不去责怪的态度，下诏将柳氏判还韩翃，另赏赐沙吒利二百万钱作为补偿。这场纠纷由此告一段落。收入《太平广记》中的《柳氏传》故事以王子公主开始了幸福生活这样的童话套路画上了句号。《本事诗》中则另有余音袅袅。说韩翃后又投入李勉相幕府，以诗才闻名。尤其那首《寒食》“春城无处不飞花，寒食东风御柳斜。日暮汉宫传蜡烛，轻烟散入五侯家”更是深为唐德宗所喜爱。以至于某次亲定专门起草诏令的知制诰一职时，唐德宗特地告诉宰相，要的是写有“春城无处不飞花”诗句的那个韩翃。

有学者考据，长安城中并无法灵寺，故而柳氏避乱时躲藏的或为宣平坊的法云寺。“灵”“云”为后世传抄之误，此二字在繁体字中字形相近，因而后来也衍生了类似康熙皇帝题灵隐寺为“云林禅寺”的传闻。除此之外，文中身为“大历十才子”之一的韩翃的经历、侯希逸仕途的时间节点等均与史籍有所出入，作为架构在历史人物之上的传奇故事，这些细节倒不必深究。而且后世人们更大的兴趣是在故事本身，元乔吉的杂剧《金钱记》、明梅鼎祚的传奇《玉合记》、吴长儒的《练囊记》、张国筹的《章台柳》等诸多作品皆脱胎于《柳氏传》故事。

《章台柳》一诗三三七七七的格律形式，当以韩翃所作为最早，除了柳氏应和的那首，古诗文中亦可见到不同词牌但同一格式的作品，如刘禹锡《潇湘神》："湘水流，湘水流，九疑云物至今愁。君问二妃何处所？零陵香草雨中收。""斑竹枝，斑竹枝，泪痕点点寄相思。楚客欲问瑶瑟怨，潇湘深夜月明时。"李后主《捣练子》："深院静，小庭空，断续寒砧断续风。无奈夜长人不寐，数声和月到帘栊。"

《柳氏传》故事虽然有些枯燥俗套，但描写时还是承袭了唐人叙事在词句上那一如既往的飘逸和优美，如柳氏劝韩翃勿因自己所累，耽误了求取前程的时机时所言："岂宜以濯浣之贱，稽采兰之美乎？"柳氏私会韩翃，赠玉盒作为诀别纪念后离开，以韩翃的观感衬托凄婉的情绪"轻袖摇摇，香车辚辚，目断意迷，失于惊尘"等。然文末有一段稍稍令人有些啼笑皆非的评议："然即柳氏，志防闲而不克者；许俊，慕感激而不达者也。向使柳氏以色选，则当熊、辞辇之诚可继；许俊以才举，则曹柯、渑池之功可建。"从柳氏的角度看，她的心意是自己本应当竭力守贞却难以做到；而许俊，却只重视男儿本色而忽视了应当遵循的义理。如果柳氏能以美貌被选入宫中，那么就会做像冯婕妤那样，在熊跑出来时勇于站在前面保护汉元帝的勇士；或者做像班婕妤那样，在汉成帝邀请自己同车时以礼法回拒人情的智者。而若是许俊以武艺被选为天子的侍卫，一定会成为与柯地会盟时的曹沫，或者渑池会上的蔺相如那样的英雄。

乍一看，这段评议倒没什么不对，但再一琢磨，《柳氏传》的男女主人公应当是韩翃与柳氏，怎么最后总结时反而成了许俊与柳氏了？难道作者也觉得韩翃实在没有男子气概，即使是令柳氏心动不已的那首《章台柳》，也并不是关心柳氏的安危，而是只在乎柳氏的归属？再者，夸耀许俊勇力的例子也稍欠妥当。春秋时鲁将曹沫在柯地会盟时突袭齐桓公，强要土地，此亦非十分光彩之事，在《史记》的《刺客列传》中，这段故事虽名列第一，但篇幅却是极短的。

以诗作试探女子芳心，绝不是韩翃的首创，仅在《本事诗》中排在韩翃与柳氏故事之前的，便有数则类似的记录，其中包括正版的“破镜重圆”。南朝陈时太子舍人徐德言之妻为陈后主陈叔宝的妹妹乐昌公主，在陈的局势岌岌可危时，徐德言将一面铜镜破成两半，一半自己留存，一半交于乐昌公主；并告诉她若日后因国破家亡两人离散，便在正月十五那天于都城集市售卖此物，以寻找对方。隋灭陈后，乐昌公主被杨素收入府中，虽每日锦衣玉食，但心中仍对徐德言念念不忘，故而果真在正月十五那天偷偷安排一个老仆，在集市上吆喝着高价售卖那半面铜镜。徐德言此时也已辗转来到都城，正在集市上苦苦寻觅，见到老仆自然喜不自胜，当他得知妻子已经进了杨府，立时又悲从中来。于是题诗一首：“镜与人俱去，镜归人不归。无复嫦娥影，空留明月辉。”乐昌公主看到这首诗，涕泣不止。杨素再三询问，知道了这件事后，索性将徐德言招到府上，当面将乐昌公主交还给他，并赠予丰厚的财物。在庆贺兼送别的宴席上，杨素请乐昌公主即席赋诗，乐昌公主将这种悲喜交加的尴尬以四句五言诗道出：“今日何迁次？新官对旧官。笑啼俱不敢，方验做人难。”引得席间众人在感叹之余不禁哄堂大笑。最后，乐昌公主与徐德言回到江南，在平平静静的生活里得以终老。

当然，不是每对离散爱侣都会有皆大欢喜的结局，武后时，左司郎中乔知之与能歌善舞、貌美绝伦的侍婢窈娘两情相悦，后窈娘被飞扬跋扈的武承嗣强行夺去，乔知之愤懑不已，遂在一方素帕上作了首《绿珠篇》，结尾两句为“百年离别在高楼，一代红颜为君尽”，悄悄请人带入武家转交窈娘。窈娘见乔知之以西晋石崇遭祸，绿珠坠楼之事遥寄悲思，便寻得个机会投井而死。武承嗣发现了窈娘尸身上系着的帕子，大发雷霆，随即命酷吏将乔知之构陷入狱，关押了四个月后方才处死。这个看似悲剧的故事，真的不好说乔知之到底有多冤枉，无论如何，他的诗作都有暗示窈娘应当效仿绿珠的成分，说到底，似乎还是将女子当成了自己那神圣不可侵犯的私有财产的一部分。乔知之与韩翃一样，总会把自己的感受放在第一位。或者，也许是武承嗣这块石头太大，硬搬起来，乔知之不仅脚，就连命都被砸没了。

明月皎皎照我床

——《任氏传》

真相是一种美丽又可怕的东西，需要格外谨慎地对待。

——《哈利·波特与魔法石》

这话没错，对于故事的男主角们来说，任氏的形象确实是又美丽又可怕，因为真相是她是一只狐。沈既济在故事开始的第一句，便直截了当地说："任氏，女妖也。"围绕着"女妖"的两个男主角分别是韦崟与郑六，沈既济对他们的介绍文字言简意赅，韦崟为"信安王祎之外孙"，"信安王祎"何许人也？"祎"是李祎，虽然现在这个名字对于大多数人来说闻所未闻且过耳不留，但其家世和个人成就在初唐时绝对非同一般，他的爷爷是吴王李恪，如果这个名字仍旧陌生，那么李恪的爸爸李世民应该没有人说不知道了。李祎在开元年间战吐蕃、攻契丹，为大唐帝国开疆辟土功莫大焉，他的几个儿子也均为一代名臣，可惜李祎的外孙韦崟没学到一点点祖上的英武，只知道每日与同样不成器的堂妹夫郑六厮混。韦崟的生活状态是"少落拓，好饮酒"，郑六则"亦好酒色"，这么讲究用词炼字的沈既济没忘了在这里加上一个"亦"，两人因为一样的志趣爱好而“相得”，自然而然形成了一个“游处不间”的皇室宗亲败家子儿组合。

时为大唐帝国如日中天的天宝九载（750）。在这一年中，安西节度使高仙芝大破此前依附吐蕃的羯师，俘获其王勃特没，之后又大败石国，同样捉了人家的国王；安禄山被封东平郡王，开了大唐为将帅封王的先例；大臣们争着抢着上表，请求封禅华山；杨贵妃妹妹哭着闹着把天子爷弄得心烦，结果被赶回了家，剪下一绺头发才算让天子爷回心转意；杨钊把自己的名改成了杨国忠……但这些事情与韦崟和郑六没有半点关联，这一年对他们来说，最大的收获莫过于遇到了任氏。

这天，败家子儿组合又相约去长安城东的新昌坊喝酒玩乐，走到宣平坊时，郑六忽然说自己有事儿，等会儿再去找韦崟碰头，于是韦崟转而向东，郑六则继续向南，进了升平坊的大门。虽说是“无巧不成书”，然此处的“巧”则略显牵强。“郑子辞有故”，并没说什么原因，进了升平坊之后“偶值三妇人”，硬生生地拉女一号任氏出场。现在郑六才是真的“有故”了。

三人行，必有佳人焉。凭借多年的鉴赏经验，郑六一眼便瞄上了中间那个白衣女子。好看！绝对好看！若文雅一些形容白衣女子可以用闭月羞花沉鱼落雁，那么描写此时的郑六，却是怎么也文雅不起来，只能用直勾勾贼溜溜或者垂涎三尺这样的话。现在的郑六当真是“骑驴看唱本——走着瞧”，他的经济能力不如韦崟，所以韦崟骑的是白马，他胯下是一头毛驴；白衣女子就相当于唱本，郑六借助驴的四条腿边走边瞧，而且忽前忽后，忽左忽右，名副其实的围观群众。此时文中用一句“将挑而未敢”活灵活现地道出了郑六的矛盾心情。正好白衣女子也被这个不知道从哪里蹦出来、一直练习“乾坤大挪移”身法的毛小子弄得眼晕，便恰到好处地用幽灵若梦的眼神推动了一下。郑六顿时有了底气，笑嘻嘻地问：“这么一个精致的可人儿，怎么还在辛苦地走着呢？”若是白衣女子回答“我车坏了”，或者“司机今天串休”，也就没有后来的诸多喜怒哀乐了。但她偏偏说的是：“你有坐骑又不借给我，我不走着难道还爬吗？”郎情与妾意只一纱之隔，现在这层纱已经被毫不犹豫地撩开。郑六一面从驴背上跳下来，一面说道：“我这交通工具太不上档次，不能承载像你这么漂亮的姑娘，所以我也跟你一起走算了。”这一走，郑六就跟着三人来到了城东南的乐游原。乐游原是什么地方呢？它是长安城的制高点；是李商隐感慨“夕阳无限好，只是近黄昏”的地方；是杜牧将赴吴兴前“乐游原上望昭陵”的地方；说白了，是除了专门旅游散心外，没事谁也不会往这来的荒僻地方。而且，几人走到这里时，天已经黑了。

在荒僻的时候若是天黑了，一般人想的应该是如何尽快离开；而郑六想的，却是怎么才能留下。他不觉得害怕，原因不仅是美人在侧，还有就是他们已经到了一处华丽的宅院。白衣女子让郑六在门口等候，自己先进了门。郑六知道让自己等候而不是与自己辞别，说明一定有戏。郑六利用等候的空当儿，问明女仆白衣女子姓任，排行二十。自此，原文中再往后终于可以将白衣女子的称呼从“白衣”具象为“任氏”。不多时，郑六被请进门，任氏的姐姐先安排郑六吃饭，在“举酒数觞”后，任氏换上晚礼服华丽出场。郑六兴致更高，于是两人“酣饮极欢”，之后自然是共入鸳帐。与后世喜大肆渲染鱼水之欢的场景不同，此处对任氏的美貌和郑六的感受只以“殆非人世所有”带过，简洁背后回味无穷。

黎明时分，任氏说自己的姊妹在教坊任职，马上就要下夜班回家，故而催促郑六速速离去。两人约下再见面的时间，郑六喜滋滋地出了宅子。长安城诸里的大门早晚都是以鼓声为号启闭，这时候天色尚早，里门还没有开，郑六出不去，便在一个已经开始忙碌生计的胡人饼店门口借了个位置坐下。郑六跟店主唠家常，说了几句之后才转到正题上。郑六问店主是否知道从这里向东转的那个大户人家是什么来头。饼店主人想了想，说那边就是一片残垣断壁，哪有什么人家呢？郑六自然不信。饼店主人忽地恍然大悟一般对郑六说："我知道了，你一定遇见那个狐狸精了。那片荒地上住着一只狐狸，时常化作人形引诱精壮男子过去同宿，你说的一定是那只狐狸吧？难道你也被它骗去了？"郑六听了心中一凛，哪敢承认自己的那番艳遇，连忙支支吾吾地岔开了话。好不容易等到天亮，郑六趁四顾无人，悄悄溜回昨晚留宿的地方，墙还在，门也还在，但里面破砖碎瓦荒草丛生，显然是很久没有人住过的样子。

郑六觉得自己的头一下子大了。他不知道自己是怎么晕晕沉沉上了驴背，不知道自己是怎么跌跌撞撞回到了家，也不知道自己是怎么恍恍惚惚挨过了韦崟对他爽约的责备。他的心里实在不想把美艳的任氏与丑陋的狐狸画上等号。

对于郑六，"想其艳冶，愿复一见之心，尝存之不忘"。只希望若能再见一见就足够了，于是命运的大手再次把郑六和任氏拉到一起，地点选在了长安城西市的一家服装店里。郑六远远看见自己的女神正在挑选本季时装，立刻边喊着边拔脚奔过去。任氏看见郑六，闪身便走；郑六追，任氏躲；集市上的猫鼠游戏以任氏背对着郑六站住，静听郑六表述思念之苦告终。任氏先是背对着郑六，并用扇子挡住后脑勺儿，在确定郑六知道自己是狐妖也不嫌弃，并指天对地发誓好话说尽之后才转过身来，拿去扇子，让郑六看到自己的脸。顿时，郑六觉得笼罩在自己头顶的乌云一下子被突如其来的阳光驱散了，爱情降临，幸福重现。

下一步，轮到任氏表态，她说一般的狐妖都会害人，但是她很不一般，所以郑六不用担心自己的人身安全。若是郑六心里毫无芥蒂的话，那么两人就一起找个地方过日子算了。郑六自然求之不得，但他的经济基础实在薄弱，别说上层建筑，就连高层建筑零首付也负担不起。任氏则显出女汉子的风范，替他出主意，让他在附近租个空房，里面的家居摆设日用物事都去向堂兄韦崟暂借。郑六依言而行，很快置办齐了他们的爱情小窝。自此郑六与任氏每日双栖双飞，快活非常。

而闲着无聊的韦崟也想看看郑六到底找了个什么样的女子，便安排仆从悄悄去打探一下，结果仆从连滚带爬地回来，说终日与郑六相伴的，当真是一个貌若天仙的美妇。当然，因为韦崟他们谁也没见过天仙，所以还得以直观的参照物作比较才有说服力。于是韦崟举了四五个自己认识的美女，仆从都说赶不上郑六身边的女子，就连压阵的，大家公认最漂亮的一个妹妹都不能及，这顿时让韦崟的心从好奇变成了不明白一朵鲜花为什么乱插的妒忌：这样的人间珍味只应该由他享用才对。在享用前，韦崟刻意修饰了一下自己的形象，先是“汲水澡颈”把脸和脖子洗得白白的，随即“巾首膏唇”，戴上最帅气的头巾，抹上最优质的口油，随后带着迷倒天下的信心，迫不及待来到郑六和任氏的小窝。

任氏知道来者不善，便让侍婢对外面得意扬扬的韦崟说自己不在家。韦崟哪里肯信，四周打量寻找，通过一角红色衣襟把在门后躲藏的任氏给翻了出来。在他看到任氏如桃花绽放的脸庞和轻盈窈窕的身姿后，觉得之前所有的传言与形容都不能及任氏之美的万分之一。韦崟开始“发乎情”，但又不能“止乎礼”，于是他紧紧抱住任氏不放，意欲求欢。任氏挣扎不从，汗如雨下，直到没了力气。韦崟眼看就要得手，不禁心花怒放，但他看到任氏脸上忽然一副悲戚的神情，不由得有点吃惊。问及缘由，任氏长叹一声，道：“我是为郑郎觉得可怜啊。你出身豪门，自幼过着钟鸣鼎食的日子，身边来往的女子不计其数；而郑郎因困于生计不得不依附于你，他属意的女子也要被你摆布，若是他能有一点骨气，自己养活自己，也不至于像今日的情形。”一席话说得韦崟面红耳赤，赶紧放开任氏，并诚挚地道了个歉。不多时，郑六从外面回来，见到韦鉴，三个人有说有笑，宛如什么都没有发生一样。

此后，任氏的吃穿用度全由韦鉴包办下来，平日里两人更是互有往来。但凡韦鉴吃到什么玩到什么觉得不错的，总要第一时间给任氏送去一份。面对不掺杂肌肤之亲的这种浓浓爱意，任氏觉得不太好意思，便告诉韦鉴若看上长安城中哪家年轻女子，自己一定会让韦鉴如愿以偿。此外，任氏也露出自己洞穿过去预知未来的本事，让郑六去买马卖马又小赚了一笔。如此几个人快快乐乐地过了一年多，终于，故事像过山车一样攀到最高点后迅速接近尾声。转折点在于郑六被授官槐里府果毅尉，地点在金城县。果毅尉即果毅都尉，为军府中折冲都尉的副职。金城县是当初唐中宗送金城公主远嫁时送别至此而得名之地。这时郑六也刚刚娶了新妇回家，虽然白天可以在外面吃喝玩乐，但晚上还是得乖乖回家睡觉。这回有了短暂外放的机会，郑六自然邀约任氏与他同往。任氏推阻了一番之后，方才说出自己的顾虑：有善相的巫人告诉她今年最好别往西边走，否则会有性命之忧。这种话在韦鉴看来自是无稽之谈，而在知道任氏是狐妖的郑六眼中，也是多余的担心；或者他觉得与任氏厮守要比任氏面对危险隐患更重要。任氏看着眼中充满了殷切期望的郑六，淡淡地说了一句："如果巫人的话是真的，我此番行程便是一条不归之路，对于你，又有什么值得高兴的呢？"韦鉴和郑六哪里听得出任氏话语中的悲戚，继续极力相邀。不得已，任氏只好答应与郑六同行。

头两天，任氏乘马在前，郑六骑驴居中，再加上后面尾随的侍婢，几人朝行夜宿，倒也平安无事。行至第三天，到了马嵬坡附近，灾难便在不知不觉中降临了。有负责养马放牧的官差在附近训练猎犬，忽然猎犬狂吠几声，直奔缓缓而行的任氏扑来。任氏猛地从马上跌下，现出原形，仓皇向道边草丛中逃窜。猎犬紧追不舍。郑六见状，慌忙从驴背上下来，在后面呼喊着追赶。奔出一里有余，猎犬停下脚步，开始撕咬爪下的战利品。郑六随即赶到喝退猎犬，奄奄一息的狐狸用充满绝望的眼神与郑六进行了最后一次交流，就失去了生命的迹象。

郑六抱着狐狸的尸体哭着回到道边，随从的侍婢已不知去向，任氏骑乘的马儿则在一旁悠闲地吃草。任氏的衣服像蝉蜕一样空荡荡轻飘飘地落在马鞍上，她的靴子仍旧塞在马镫中。阳光在林梢，鸟儿在欢叫。这一切却更令郑六心中感到凄凉。他埋葬了狐狸，并在坟头上做了标记后形只影单地去了金城，十几天后又形只影单地回到长安。韦崟见他失魂落魄的样子，身后也没有任氏的身影，连忙问他发生了什么事。之后韦崟又随着郑六来到马嵬坡，掘开埋着狐狸的地方，这才完全相信郑六所说的话，不由悲从中来大哭不止。良久，两人才重新填好泥土，垂头丧气地回了家。

之后的记叙交代了一下两个男主角的去向：郑六，成了富户；韦崟，做了殿中侍御史兼陇州刺史。这个故事便是韦崟亲口告诉作者沈既济的。沈既济听了心里也是感叹不已，故而后面有短短几句感慨，在此照录："嗟乎，异物之情也有人道！遇暴不失节，徇人以至死，虽今妇人，有不如者矣。惜郑生非精人，徒悦其色而不征其情性。向使渊识之士，必能揉变化之理，察神人之际，著文章之美，传要妙之情，不止于赏玩风态而已。惜哉！"再觉得可惜，任氏也是死了。郑六的日子还得照样过，文中说他活到六十五岁，在他生命里，任氏只是一个小插曲，或者是节奏感很强、旋律很优美的插曲。沈既济评论他"非精人"其实是客气了，但"徒悦其色而不征其情性"倒是一针见血。他喜爱的只是任氏的美貌，对任氏那些"超能力"则视而不见；但他心里又不能承认任氏的地位，故而才有"郑子方有妻室，虽昼游于外，而夜寝于内"之笔。然郑六如此希望和恳求任氏随他前去，原因只是"多恨不得专其夕"，希望达到欲望的彻底宣泄和释放。在任氏预见到自己的祸患，问不知情的韦崟与知情的郑六：“倘巫者言可征，徒为公死，何益？”得到的回答却是无关痛痒的“岂有斯理乎”。在两人“恳请如初”的情况下，任氏“不得已，遂行”。为了一厢情愿的爱情，她将自己送进了黑漆漆的坟墓。

但沈既济对于任氏美貌贯穿始终的描写，也不得不让任氏被身体容貌的美掩盖了其他特质。与郑六初遇，客观的叙述是“容色姝丽”，通过郑六的观感，则是“见之惊悦”。乐游原上，任氏宅中，春宵一刻时，郑六眼中的任氏“娇姿美质，歌笑态度，举措皆艳，殆非人世所有”，排山倒海式的渲染淡化了开篇便说任氏是狐妖的奇异，自然也令郑六虽然知道任氏是狐妖，但仍旧因其“艳冶”而念念不忘。故而集市上再见，郑六的一句“勤想如是，忍相弃乎”也是肺腑之言，责怪背后是浓浓的情意，尤其对于经历过那么多只图一夜春宵的任氏来说，这八个字的杀伤力实在很强。任氏的回答则是“安敢弃也，惧公之见恶耳”。不是我不想念你，是怕你见到我觉得烦。在得到郑六一番头脑发热的承诺后，任氏“回眸去扇”，给郑六的观感是“光彩艳丽如初”。在郑六向韦崟借家用物件时，同时告知了韦崟原因，是“新获一丽人，已税得其舍，假具以备用”。韦崟颇为不屑：“观子之貌，必获诡陋。何丽之绝也。”像你这样的长相找个丑八怪还差不多。这也与韦崟真正见到任氏时，对其美貌不能自已，而欲强行非礼一节埋下伏笔。韦崟打发去窥探任氏的仆从，回来后对任氏的评价是“天下未尝见之矣”。且连韦崟自己所见过的人中最美的，“秾艳如神仙”的妹妹都“非其伦也”。好奇的韦崟真的见到任氏，感觉是“殆过于所传矣”，心头一股燥热，“爱之发狂”的本能反应自然便是“拥而凌之”。这样一个风华绝代的女子，在沈既济笔下连死去的地点也安排成与杨贵妃一处。

外表的美，只是任氏令人产生好感及爱慕的表面因素。在她知道不能力敌荷尔蒙分泌正旺的韦崟时，便打出情义牌令韦崟自己因为惭愧而罢手，则显示出勇、忠和智；她后来以狐媚迷惑韦崟喜欢的女子，虽手段不甚光彩，但也算义的一面；至于痴情，则是人狐爱情故事中狐的共性了。相较而言，集狐妖故事于大成的《聊斋志异》中，青凤、红玉、娇娜等狐妖，给人留下的大多印象只是痴情，远不如任氏的形象丰满。而北宋刘斧的《青琐高议》中《小莲记》一篇，小莲的形象倒有些任氏的影子。

在讲述任氏之死时，沈既济并未过多着墨描写其血肉模糊的惨状，只有"为犬所获"四字。此处的留白更有无声胜有声的效果。直到这时，才令郑六和读者猛然想起原来任氏本是一只狐。虽然文中几次暗暗提示到这一点，如她建议郑六向韦崟借家用的物事，"其家多什器，可以假用"；需要新装时"买衣之成者而不自纫缝"等，但仍旧难以使人把这样一个聪慧娴雅的美女与狐妖联系在一起。

早在东汉赵晔所撰的《吴越春秋》中，即有人狐恋的故事，《太平广记》里更有不少与狐有关的奇闻异事。但无论如何，任氏都是一只与众不同的狐，《任氏传》也是狐妖故事中的佼佼者。痴情的任氏为了一个男人的欢愉，宁愿放弃自己的生命。这样的心态，套用埃及阿拉曼盟军无名烈士墓中一座墓碑上的铭文，可以改成："对于郑六，她仅是自己生命里诸多女人中的一个；但对于任氏，他是整个世界。"

欢来何晚意何长

——《柳毅传》

我认识你，我们却从未谋面；我和你在一起，却不知道你的名字。我知道我在做梦，但感觉却如此真实，这一切像我曾有的记忆一般不可思议。

——《遗落战境》

《柳毅传》本名为《洞庭灵姻传》，在《太平广记》中则名为《柳毅》，且标注为出自《异闻集》；明《虞初志》《说郛》等书中将它定名为《柳毅传》后沿用至今。《柳毅传》的故事在唐传奇中绝不算生僻，龙女牧羊、柳毅传书的情节可谓脍炙人口。

故事发生在唐高宗仪凤年间，一个叫柳毅的读书人科考落第，在返乡途中去泾阳向一个客居那里的同乡辞行，结果坐骑在道上被飞鸟所惊，狂奔了六七里才慢慢停下。柳毅看看左右，尽是不熟识的景物，于是心里因走错了路暗暗叫苦。

又向前行出不远，柳毅发现道边有一女子正在牧羊。女子放羊本身便是蹊跷事，衣衫破旧、容貌清丽的女子牧羊，则更令人不可思议。尤其是女子的心思并不在眼前的羊身上，而是一动也不动，呆呆出神望着远方。柳毅勒住马缰站住，细细打量那女子，但见她面若桃花却愁眉紧锁，不由得令人心生怜爱。柳毅跳下马慢慢走过去，那女子仍旧怔怔看着别处，似乎没有注意到柳毅。柳毅来到女子近前，先施了个礼表明来意，说自己回南方的家乡路经此地，见她孤单一人站在这里难过，因此过来问问，并没有什么恶意。见女子并没有厌恶抗拒的神情，柳毅继续开口道："敢问姑娘是不是有什么委屈的事情，为何会如此悲伤呢？"

女子听见柳毅问话，慢慢转过头，嘴唇轻轻抖动了几下，欲言又止。眼中的泪珠却如一颗颗晶莹剔透的珍珠般不住滚落。柳毅不知如何是好，只好尴尬地站在那里。女子哭了一会儿，也为自己的失态颇觉歉意，向柳毅解释说，自己本是洞庭龙王的小女儿，由父母做主嫁给了泾川龙王的二儿子，然而夫婿性情暴戾且行为放荡，自己规劝不成反遭到厌弃。公婆也一味溺爱儿子，见龙女诉说儿子不是，便将龙女赶了出来。说到此处，龙女想起自己的际遇，哭得更加伤心。柳毅心里也觉得不是滋味，暗想不知道自己能做些什么才可解救龙女于危难。

龙女抬起头，看着天上一朵朵悠闲的白云，慢慢说道："我是那么思念生我的父母，可洞庭湖距离这里路途遥远，天上的云与地上的风都不能替我传信，即使心破碎，眼望穿，他们也不会知道女儿的悲苦……公子您不是要去南方，能否代我去洞庭龙宫中走一遭捎封信呢？我想将如今的际遇告诉父母，即使日后死在这里，也好让他们知道女儿的冤屈。"柳毅见龙女对他付以此等重托，连连点头答应，但又不知如何才能去往洞庭龙宫。龙女告诉柳毅，到洞庭湖南岸后，寻找一棵被当地人称为"社橘"的大橘树，在树干上用力敲三下，就会有龙宫水族出现。柳毅只要跟着它走，自然就能进入洞庭龙宫。说罢，龙女从怀里取出一封早已写好的信，再次嘱咐柳毅，希望他把今日自己思念父母的那些话也一并转述。

柳毅把信藏在怀里，又将如何去龙宫的步骤在心里记了一遍，随后向龙女施礼道别，准备即刻就赶往洞庭湖。待走出几步，柳毅仿佛想起了什么，一回身，见龙女也正目不转睛望着自己。四目相对，柳毅心中升起一种异样的感觉，本想问龙女的话不假思索脱口而出："我愿做姑娘的信使，姑娘若日后真的回到洞庭湖，千万不要装作不认识我啊。"龙女嫣然一笑："你是我的恩人，若真有那一天，必然会以亲戚的礼节款待，怎么可能不认识呢！"龙女如春风拂面般的笑靥令柳毅心神激荡，他急急上了马，向泾阳的方向奔去，奔出十几步，柳毅禁不住又回头看了一眼，却发现龙女与羊群已悄然无踪。

这天傍晚，柳毅赶到泾阳，匆匆与同乡道了别，便一路向东南行进，历经一月，终于来到洞庭湖边。柳毅按照龙女所教的方法叩击橘树，果然得到水族的引领进入龙宫，但见"台阁相向，门户千万，奇草珍木，无所不有"，待行至一处叫灵虚殿的所在，更是光芒四射、华美非常："柱以白璧，砌以青玉，床以珊瑚，帘以水精，雕琉璃于翠楣，饰琥珀于虹栋。"不多时，一袭紫衣的洞庭湖龙王洞庭君出现了。洞庭君问柳毅为何而来，柳毅拿出龙女的亲笔信，详细讲述了自己与龙女偶遇的前后经过。洞庭君看过信后掩面大哭，说都是因为自己识人不慧，才令女儿受了这许多苦楚。若不是有柳毅传书，爱女怕是早就化为泾阳的一抔黄土了。随后，洞庭君命人将龙女的信送入内宫给妻子看，转瞬间，内宫中也是哭声一片。洞庭君慌忙吩咐下去，让内宫中一干人不可这么大放悲声，一旦钱塘君知道，后果必是不堪设想。伴着突如其来的一声巨响，整座宫殿都颤动了几下。一条鳞甲如朱砂样殷红，颈鬃像火焰般泛赤，吐着舌头，瞪着眼睛的巨龙在雷电交加中腾空而起，眨眼间便飞得不见踪迹。

柳毅不知发生了什么变故，惊得目瞪口呆。洞庭君摇摇头，叹道：“晚了，晚了。”随即告诉柳毅，刚刚飞走的是自己的弟弟钱塘君，因其性烈如火，稍不顺意便会闹得洪水泛滥山崩地裂，故而天帝令洞庭君好生看管他。如今他知道龙女受苦，一定会尽全力将龙女救回，这回怕是又要闹个天翻地覆了。刚才的一幕虽令柳毅惊惧不小，但他听到龙女会被救回，心中当下安定许多。不多时，远处出现了朵朵彩云，还有阵阵动听的乐声。一队华丽的仪仗由远及近，队伍中众多侍女簇拥下的，正是已换过衣衫的龙女。洞庭君笑着对柳毅说：“看，在泾水受苦的人回来了。”说罢起身将龙女迎入内宫。半晌，洞庭君复从内宫出来，身边还站着一个同样身着紫衣、气宇轩昂的人物。洞庭君向柳毅介绍，这就是钱塘君。柳毅与他见过礼，此时殿中已设下宴席，三人谦让着入座后，钱塘君向洞庭君说起今日搭救龙女的行程。他于巳时到了泾阳，午时与泾川龙王的二儿子恶斗了几回合，把那飞扬跋扈的小龙吞下了肚。随后上天向天帝请罪。因泾川龙王一方理亏在先，故而钱塘君并未受责罚，之后才回洞庭君这里。洞庭君问过钱塘君伤害百姓和毁坏庄稼的情况后，嘱咐钱塘君不可再如此鲁莽。两人随即一起向柳毅举杯致谢，三人推杯换盏酣畅淋漓。此后一连几日，洞庭君每天都要大摆宴席答谢柳毅，柳毅也因此品尝了世上罕有的珍馐美味，欣赏到人间难得的神仙乐舞。但龙女却始终没有露面，这令柳毅心中觉得多少有些失望。

这天，洞庭君、钱塘君和柳毅依旧一同开怀畅饮，钱塘君忽然对柳毅说，愿意做主将龙女许配给柳毅为妻，不知道柳毅意下如何。柳毅借着酒劲儿与钱塘君争辩，说自己竭力救助龙女，并非要乘人之危；如果现在应许婚约，不是与盗匪无异？而且钱塘君借着本领高强，便要强行替人做主，他柳毅是绝不会屈从这种威逼的。钱塘君听了，面带愧色向柳毅谢罪。三人继续欢畅饮宴。第二天，柳毅的酒力过去，想起昨天拒绝钱塘君荐婚一事，不由得颇感后悔，心中也茫然若失。于是柳毅向洞庭君辞行，准备返回家乡。洞庭君挽留不住，便与钱塘君分别备下奇珍异宝赠予他。直到这时，龙女才出来亲自拜谢柳毅。柳毅见龙女当真是一个世间少有的绝代佳人，更是暗暗后悔那日酒后冲动拒绝了婚约。临别之际，龙女眼中泛着莹莹泪光，柳毅心中不忍，咬咬牙转身拜别洞庭君一家，在水族的引领下按原路返回了湖畔。

随行挑担的还有十几个仆从，他们一直将柳毅送回家方才告辞。柳毅将洞庭君等龙族所赠珍宝选了几件不起眼的售卖，所得银钱即已令他富甲一方。于是，柳毅娶了个张姓女子为妻，婚后不久，妻子便去世了。柳毅又娶了一个姓韩的姑娘，可没过几个月，这一任妻子也急病身亡。柳毅心中难过，把家迁到金陵。有个媒人见柳毅鳏居，就找上门来，说有一位原籍范阳的卢姓女子，家境殷实，聪慧美丽，也是寡居在家，若柳毅有意，愿去替他说合。柳毅每日生活孤寂，当下点头应承，不久与卢家小姐成了亲。

婚后盈月，柳毅越来越觉得卢家小姐长得很像龙女，但娇媚丰满之态，又比龙女强出几分。柳毅故意在某日闲聊时说起从前帮助龙女传书的事，卢家小姐只是不信，还笑话他说世间哪会有这样的奇事。柳毅听了，想着只是恰好妻子的相貌与龙女相似罢了。又过了一年多，卢家小姐诞下一子。在孩子满月这天，卢家小姐特地换上华丽的衣服，并精心妆扮了一番，之后告诉柳毅，自己其实就是洞庭君的女儿、被他救助的那个龙女。自从柳毅为她传书，她便决意报答柳毅，不想柳毅竟拒绝了钱塘君的求亲。柳毅走后，洞庭君夫妇想把龙女嫁给锦江龙王的儿子。龙女一心惦念柳毅，誓死不从。龙女始终暗暗关注着柳毅的生活，当看到他接连迎娶的两个妻子都不能长久，心里知道是自己可以假借一个人类身份，与柳毅厮守的时候了。柳毅听了恍然大悟，过去的一切就如同梦境一般，而眼前含情脉脉看着自己的龙女，才是真真切切的。

龙女告诉柳毅，他可以与自己一样，在水中自由行走，并享有龙的万年寿数。谜底已经揭开，几天后，柳毅与龙女一道回到洞庭湖拜见洞庭君夫妇，一番盛大的欢宴自不必说。此后，柳毅夫妇因世态的变迁而行踪不定，换过数处住所，最终仍回到洞庭湖居住。开元末年，柳毅的表弟薛嘏本在京城附近做官，因过失被贬南下。路过洞庭湖时见到柳毅夫妇，他们的容貌还与年轻时一般无二。柳毅见薛嘏感慨凡人易老，便赠给他五十枚丹药，每枚可延寿一年；同时告诉薛嘏，待丹药吃完记得还来这里寻他，不必贪恋人间的荣华。此后就再也没有人见过柳毅，薛嘏则常常把这件事情讲给人听。到了薛嘏见柳毅后的第四十八个年头，薛嘏也失去了踪迹，没有人知道他去了哪里。

东汉许慎《说文解字》对“龙”的解读是“鳞虫之长，能幽能明，能巨能细，能短能长，春风而登天，秋风而入渊”。史料典籍中亦从来不乏对龙的记述，如《史记·秦始皇本纪》中记秦始皇梦到自己与海神交战，占梦的博士告诉他，海神是不容易见到的，大鱼和蛟龙都是海神的前导或帮手。晋张华《博物志》中说“水神乘龙鱼”，《山海经》里龙作为坐骑更为常见，如“祝融乘两龙”“夏后启乘两龙”“蓐收乘两龙”“句芒乘两龙”“冰夷乘两龙”等，《楚辞》中亦有河伯“乘水车兮荷盖，驾两龙兮骖螭”的说法。在佛经中，龙的形象则威武得多，它作为佛陀护法，自然神通具足。龙和人之间往往会产生一些意想不到的联系，其中的代表便是龙女故事的演变传承。龙女故事在东晋时佛陀跋陀罗和法显共译的《摩诃僧祇律》里即有记述，五代梁宝唱等所编《经律异相》以“商人驱牛以赎龙女得金奉亲”为题引录该文，后《法苑珠林》和《太平广记》中亦分别引录，题为“俱哆国”。讲述有个商人在赶路途中，用八头牛换下一位被擒的龙女，龙女带着商人去龙宫游历以报答救命之恩。商人从龙宫门口受罚的两条龙口中知道了些许关于龙的隐秘。龙女亦告知商人，身为龙虽然威风凛凛，且可以变化人身，但却有五时之苦，即在生育时、死亡时、交合时、发怒时和入梦时都会以原形显现。

类似主题，在裴铏《传奇》中《萧旷》一篇中，则花费大量篇幅以对话形式详细讲述了龙的生活细节。故事发生的时间是唐文宗大和年间，有位隐居不仕名唤萧旷的读书人，四处游历途中宿于洛水边的双美亭。这夜云淡月朗，萧旷取出随身所携之琴弹奏。凄清的琴声引来了幽怨的叹息。萧旷见身前忽然出现了一位自称洛水女神的绝色美人，便把琴放到一边，与洛神见礼后问关于洛神是从前魏文帝之甄皇后的传闻是不是真的。洛神告诉萧旷，自己就是甄皇后，因为暗暗喜欢陈思王曹植的才华，触怒了魏文帝曹丕而被赐死，她的魂魄在洛水上遇见曹植，向曹植述说自己的冤屈与悲伤，这才有曹植那后来被改名为《洛神赋》的《感甄赋》一文传世。

这时洛神的丫鬟已摆下酒馔，洛神遂邀萧旷同坐共饮，她对萧旷说，从前自己刚嫁给袁绍的二儿子袁熙时，平日里也喜欢弹琴，每每弹奏《悲风》和《三峡流泉》两首时，总是彻夜不眠也不觉疲倦。刚才她听到萧旷的琴声清雅，不禁勾起对无数旧事的怀念，感慨良多。不知萧旷是否愿意再为她弹奏几首。于是萧旷除《悲风》之外，另外弹奏了一首商陵牧子所作的《别鹤操》。曲毕，洛神盛赞萧旷的琴艺颇有当年蔡邕的风范。此时萧旷也已不若初见洛神时那般拘谨，遂问起曹植现在的下落。洛神说曹植已做了遮须国的国王。萧旷听后虽不甚明了，但也不再多问。闲聊间，仆婢引着一位妙龄少女前来，洛神告诉萧旷，来人是洛水龙王的女儿，善于织绡，自己特地请她赴席叙话。

萧旷一听，顿时来了兴致，待龙女坐定，便迫不及待张口问道：“近来人们都传言说柳毅和洞庭湖龙王的女儿结亲，不知是不是真的呢？”龙女微笑着回答说：“众人传说的这件事，十中只有四五是真的，剩下那些无非是为了故事好看，七嘴八舌随意添加的而已，不必全信。”萧旷想了想，又问龙女那龙怕铁器一说，不知是否确有其事。龙女告诉萧旷，龙亦是神化而来，铁石金玉皆不能阻挡，若说怕铁器，只有近似龙的蛟螭一类才会怕。

萧旷见自己的疑问都能得到解答，兴味更浓，继续问龙女，《晋书》中记，张华见牛宿和斗宿之间常有紫气升腾，命雷焕观气，而后在丰城大狱地下得到两把宝剑。张华、雷焕各存其一，后张华被诛杀，手中宝剑下落不明；而雷焕那一把则传到儿子雷华手中。雷华某次路过延平渡口时，剑落到水中化为龙，这件事情是真的吗？龙女说这事便是无稽之谈了，龙属木，剑属金，金木相克而非相生。若说剑入水可以变龙，就如同说鸟雀入水会变成蛤蜊一样可笑。《晋书》中也只是记雷焕说剑“灵异之物，终当化去”，张华则说“天生神物，终当合耳”，并没有说剑会变龙。宝剑虽有灵性，但终究是被敲击、铸造、煅烧、锤炼过的，并非自然生成之物，所以无论如何也不会变成龙。

萧旷听了连连点头，但他的问题并未到此完结，他很好奇为什么世上有织布的梭子会变成龙的说法。这次龙女没有提出反驳意见，她告诉萧旷，既然龙属木，那么木梭变成龙之后仍旧属木，没有什么可奇怪的。随后，萧旷又问了诸如为什么龙也是神，生病了还要上界的神仙治疗；龙为什么在民间被传成了喜欢喝燕子血的形象等等。龙女亦一一作答。说及龙的喜好时，龙女告诉萧旷，龙是喜欢睡觉的，大睡要千年，小睡往往也不少于几百年。它在洞中睡觉时鳞甲间会聚集很多泥土。如此一来，若有鸟衔的树种落到龙身上，可能就会发芽长出大树，有时甚至可以长到一人合围那么粗。龙睡醒之后便要开始修行，最终达到脱离肉体进入虚空，性灵纯净回归本然的那种超脱生死的境界。

龙女见说过超脱生死的问题后，萧旷沉吟不语，又补充道：“其实龙的修行与世间那些真人的修行方法有相通之处，好的修行方法，形、神均能回归天界；一般的修行方法，魂魄离开了，肉体仍要留在世间。至于那些只保有修行的形式，内心依旧贪恋荣华追名逐利的人，死后形体、精神仍是要堕入地狱重新轮回的。真正修行的人，身体清爽内心专注，而且能感知身体里魂魄的活动，这就是老子所言‘恍恍惚惚，其中有物’的状态，至于更深层、更具体的话，再说就是泄露天机了。”这一席话，令萧旷对自己内心始终希冀的修行一事更是心旷神怡，但他也深知机缘若是不到，自己也难以闻知高深的法理，只有一直坚持寻觅，才能令智慧的心灯更加明亮。

这一夜，萧旷与洛神、龙女相谈甚欢。直至东方破晓，三人才各自赋诗互赠。洛神所作的诗为：“玉箸凝腮忆魏宫，朱丝一弄洗清风。明晨追赏应愁寂，沙渚烟消翠羽空。”龙女的诗为：“织绡泉底少欢娱，更劝萧郎尽酒壶。愁见玉琴弹《别鹤》，又将清泪滴真珠。”萧旷亦和诗答谢：“红兰吐艳间夭桃，自喜寻芳数已遭。珠佩鹊桥从此断，遥天空恨碧云高。”

临别之际，洛神取出一枚明珠、一片翠羽送给萧旷，说这正是应了《洛神赋》中“或采明珠，或拾翠羽”之句。龙女送给萧旷一匹自己亲手所织的轻绡，并嘱咐萧旷，日后若要出售，一定要卖给肯出万金的胡商。洛神还告诉萧旷，他的骨相面相都异于常人，如果不去专心修行，实乃辜负了自己的天资。若萧旷真有修道求真的决心，自己定会倾力相助。说罢，洛神凌空飞去，龙女也不见了踪影。后来萧旷在游历嵩山寻访仙道时，与朋友讲起这件事，他的朋友就把此事详细地记录了下来。

历来记述龙与人产生交集的故事不少，仅宋刘斧的《青琐高议》中便有《朱蛇记》《巨鱼记》《异鱼记》《梦龙传》等数篇，后世《西游记》中孙悟空龙宫借宝，《封神榜》里哪吒对抗东海龙王一家更是老少皆知；但描写龙女与凡人的爱情故事，的确无出《柳毅传》之右者。与《萧旷》故事同时代、被称为《柳毅传》姊妹篇的《灵应传》里，有“顷者泾阳君与洞庭外祖，世为姻戚。后以琴瑟不调，弃掷少妇，遭钱塘之一怒，伤生害稼，怀山襄陵，泾水穷鳞。寻毙外祖之牙齿”之语，故事的主角九娘子即是与《柳毅传》中的龙女一样嫁错郎的龙族。由此可见《柳毅传》故事在唐时便已脍炙人口。虽《柳毅传》的作者李朝威生平事迹已不可考，但后世根据他留下的柳毅传书故事倒是衍生出不少佳作，如元杂剧有尚仲贤的《柳毅传书》、李好古的《张生煮海》，明传奇有黄惟楫的《龙绡记》、许自昌的《橘浦记》及清李渔的《蜃中楼》等，如此，亦足以令李朝威的名字永垂千古了。

图书在版编目（CIP）数据

夜半私语：品味唐传奇／芷雨著．— 郑州：海燕出版社，2015.1（2017.1 重印）
（华夏文库．经典解读系列）
ISBN 978-7-5350-6076-1

Ⅰ．①夜… Ⅱ．①芷… Ⅲ．①笔记小说－小说评论－中国－唐代 Ⅳ．① I207.419

中国版本图书馆 CIP 数据核字（2014）第 265222 号

华夏文库 经典解读系列

夜半私语

——品味唐传奇

芷　雨　著

出版发行：海燕出版社
（郑州市北林路 16 号　450008）
发行热线：0371-65734522
经　　销：全国新华书店
印　　刷：恒美印务（广州）有限公司
开　　本：635 毫米 ×965 毫米　1/16
印　　张：12 印张
字　　数：150 千字
版　　次：2015 年 1 月第 1 版
印　　次：2017 年 1 月第 3 次印刷
定　　价：20.00 元